ボクらのキセキ

静月遠火

Contents

口絵イラスト◎古夏からす
口絵デザイン◎野村道子

ボクらのキセキ

プロローグ

寒いなぁ。

北風に窓ガラスがカタカタと音を立てている。三条有亜《さんじょうゆうあ》は宿題の手を止めて、膝《ひざ》掛《か》け代わりの毛布をよいしょと肩まで持ち上げた。

顔を上げると机の上の時計は夜九時半を指していた。母親はまだ帰ってこない。

……ストーブ、つけようかな。

有亜は自分以外誰もいない部屋を振り返った。天井の蛍光灯が、壁際に掛けられた制服に薄暗い光を投げかけている。

「うん、そうしよ」

少しためらった後に立ちあがった。今も残業をしているであろう母のことを考えると自分一人のためにストーブをつけるのは気がひけたが、今日は流石《さすが》に寒すぎる。部屋を暖めておいてあげよう。ついでに湯たんぽも用意したら喜ぶかもしれない。

有亜は毛布を畳んで椅子《いす》に掛け、石油ストーブの置いてあるリビングに向かう。壁のスイッチを入れると、冷え冷えとした明かりに無人の部屋が照らし出され、自然にぶるりと体が震えた。母と二人でこのアパートに越してきて一年、もうすぐ二度目の冬を迎えることになるが、この寒さには慣れそうにない。

暗いキッチンをなるべく見ないようにしながらストーブに近づいた。幼い頃から幽霊の類《たぐい》がとても苦手で、独りの夜には嫌なことをいろいろと想像してしまう。

そのとき、リビングの隅でトゥルルルと電話が鳴った。

低い音が一瞬何か別のもののように聞こえ、有亜は驚いてビクンと震えた。背中まで伸ばした明るい色の髪が、弾みでぴょんと飛び上がる。

「誰……？」

こんな時間に。

ソファーの後ろに置かれた固定電話をおそるおそる振り返った。チカチカと点滅する青いディスプレイには、見覚えのない携帯番号が表示されていた。

出るか出まいか、迷う有亜をせかすように窓ガラスがまた鳴った。冷えた部屋に鳴り響く電子音と風の音はひどく不気味に聞こえ、もしかしたら母の身に何かあったのだろうかと、そんな不安にかられて有亜は子機に手を伸ばした。

「はい」

「あ……」

電話機の向こうで、奇妙に落ち着かない沈黙があった。

「どちらさまですか？」

間違い電話だろうか、不思議に思いながら尋ねてみたが、沈黙が続くばかりで、ずいぶん長い間返事は返ってこなかった。

「もしもし？」

「あの……さ。変なことを訊《き》くようだけど、〈そっち〉は今、何年の何月何日かな」

向こうから響いたのは、聞き覚えのない若い男の声だった。有亜と同じくらいか、でなければ二十代くらい。途切れ途切れで、どこかくぐもったような声だった。

「え？」

「大事なことなんだ。お願いだから教えてくれ」

「……二〇〇九年の十一月です、けど」

一体何のつもりなのだろう。有亜は不審に思ったが、律儀な性格故に答えると、相手はほっとしたように息をついた。

「よかった。ちゃんと繋《つな》がった。まだ僕たちは出会ってないんだな」

「あの……」

続いた声音は、ひどく真剣なものだった。

「信じられないだろうけど、聞いてほしい。〈こっち〉は二〇一四年、ちょうど君が電話している五年後なんだ」

風の音。

電波状態が悪いのか、声はときどき小さくなって聞き取りにくい。だがそうでなくても、有亜には相手が何を言いたいのかわからなかった。

「何ですか……それ。あなたは誰ですか？」

また少し沈黙があった。声の主の背後でざわざわと何かが動く気配がし、やがて重く暗い声が続いた。

「僕は……もうすぐ君の彼氏になる男だよ」

え？

有亜は思わず電話をまじまじと見た。この人は一体何を言っているのだろう。ふざけるのはやめて下さいと言い返そうとしたとき、声は遮るように言った。

「だけど僕はそれを止めたくて」

ひときわ強く吹いた風に、窓ガラスがまるで叩《たた》かれるように大きな音を立てて、

「僕たちは、いつか人を殺す」

そしてその言葉が告げられた。

小さな掠れた声で、だが間違いなく断定的に。

有亜が何かを口にするよりも早く声は続けた。どこか淡々とした、感情のないような声だった。

「信じられないと思う。だけど聞いてほしい。これから先、僕に会ってもどうか声をかけないでくれ。僕たちは人を殺し、そして君は死んでしまう。僕はその未来を防ぎたいんだ」

電話の向こうがざわざわとさざめき、風の音がまた強くなる。男の声は淡々と続いて、そして途切れた。

我に返ったときには既に通話は切れており、ただ男の最後の言葉が、感情を押し殺したように震えていたことがひどく印象に残っていて——

有亜は電話の子機を握ったまま、自分がどこか異世界に足を踏み入れてしまったかのように感じていた。

第一章　真相

　電話を切ったとたん、波河久則《なみかわひさのり》は我に返った。

　……うわ、こりゃちょっと調子に乗りすぎたかも。

　背後の二人を振り返り、「まずかったかな」と言おうとしたとき、思い切り背中をはたかれた。

「いよっ！　千両役者！」

「よくもまぁペラペラとでたらめが出るもんだ、アドリブ王の称号を与えよう」

　振り返ると赤城《あかぎ》は座っていた座椅子の背をバンバン叩いての大爆笑、普段はのんびりしている青田《あおた》も、じゃがりこを片手にけふけふと独特の笑い声を発している。

「っていうか『僕』ってなんだよ『僕』って。黄《こう》ちゃんそんなキャラだった？　もう笑いこらえるのに死にそうで死にそうで」

「発想が並じゃないな、とっさのアドリブで未来電話はなかなか出ない」

「そ、そうかな」

両サイドから褒められると悪い気はしない。久則はちょっと頭を掻《か》いた。

「人殺しうんぬんは流石に言い過ぎたかなーっと思ったんだけど」

「大丈夫だって、相手もどうせ信じてナイナイ」

赤城に手をパコパコ振られると、なんだかそういう気もしてくる。久則は落ちかけたテンションが再び上昇するのを感じ、ぬるくなったコーラを一気飲みした。長い内容を一度に喋《しゃべ》ったために喉《のど》がカラカラで、やたらと旨《うま》く感じられる。

「むしろ楽しんだんじゃないか？　ちょっとした非日常体験でさ」

「そっか、そうだよな」

言われるうちにそうに違いないという気分になり、久則は息をついて座椅子の背に体重を預けた。

「んじゃ次は赤城の番な」

青田は涼しい顔で久則の手から携帯を取り上げ、画面を見た。

「黄河《こうが》、何番にする……あれ？　なんだもう充電ないわ」

「そっか。じゃ終わりかな。うわ、もうこんな時間だ」

赤城は大きく伸びをすると、皿の上に僅かに残っていたキャラメルコーンのピーナッツを口に放り込んだ。

久則もコーラをおかわりする。先程一瞬感じた罪悪感は、既に綺麗《きれい》さっぱり消えていた。

「俺的MVPは青田の幽霊目撃実況中継だな。スクーターの後ろにずっと座ってるやつ」

そう称《たた》えると青田は気取った仕草で眼鏡《めがね》の縁を持ち上げた。

「光栄ですな」

「俺もあれ好き。幽霊が優しくて親切って設定がいいよね。でも一番は黄ちゃんの『未来からの電話』だなぁ」

赤城がクスクスと笑いながらポンと膝の上に手をつくと、それが終わりの合図のように三人は立ち上がって――

「死にたい……」

三週間後、寒風吹きすさぶ校舎の屋上で、久則はそう呟《つぶや》くハメとなった。

期末試験が終わったばかりの十二月頭、校庭を下校する同級生たちは、皆脳天気な笑顔に見える。

「まったくかまわないしむしろ歓迎だけど、掃除は誰《だれ》がするのさ」

「正臣《まさおみ》お前、血の色何色……？」

鉄の手すりに布団のごとくぐへりと体重を預けて、隣でコッペパンをほおばる従兄弟《いとこ》を恨めしげに見た。

「飛び降りたら久則の血の色はわかるね」

「人が苦境に立たされてるときにグロイこと言うな」

手すりの上に顎《あご》を載せつつ、久則はあの日のことをもう一度思い出していた。

「……はぁ」

波河久則は昔から「ノリがいい・よすぎる」と言われる性格だった。

一人でいるときはそれほど変わった行動をとる人間でもないのだが、周囲から盛り上げられるとついつい乗せられて、自分でも予想しなかったことをしでかしては後で後悔することの繰り返し。小学校の通信簿には二年生にして既に「短所：お調子者」と書かれ、中学でしっかりと固まったその性格は、高校にあがった今も変わっていなかった。

同じ県立沖高校《おきこうこう》に通う赤城光四郎《こうしろう》と青田漠《ばく》は、そんな久則と互いに乗せて乗せられるある意味出会ってはいけなかった種類の友人であり、中学で同級になって以来、彼ら三人はことあるごとに集まってはバカ騒ぎを繰り返していた。

今年の四月には城山公園でスワンボートレースを開催し(久則がまくり差しで勝利を決めた)、八月には大ロケット花火大会、調理室を占拠しての「期末試験終了おめでとう鍋《なべ》パーティー」を企画して教師陣と生徒会からつるし上げを食らったのはつい数日前の話。

「赤」城と「青」田に挟まれているという理由でいつの間にか久則には「黄河」という綽名《あだな》がつき、南中の信号トリオと言えば中学卒業後二年近くが経過した今でも教師たちの飲み会の話題になると言われたものだ。

しかしハメを外すことはあっても、それでも周囲に苦笑される程度のことであって、彼らは犯罪と呼ばれるようなことには手を出したことはない。

だが――三週間前のあの日、十一月十一日、久則は彼ら二人と一緒にいた。

学校からの帰り道、神社前の路上で携帯電話を発見したのは久則だった。

もしこれが久則一人だったなら、目立つところに置き直してその場を立ち去るくらいのことで済んでいただろう。あの日が数学のテストの返却日でなく、三人があの自棄《やけ》っぱちな開放感に包まれていなかったなら、彼らはまた別の行動をとっていたかもしれない。

面白いから中のデータを見てみようと言い出したのは、青田だったか、赤城だったか。賛成したのは事実だから、久則に彼らを責める資格はない。

一番近い青田の家で、最初はメールの履歴を覗《のぞ》いたりしていただけだったのだが、そのうち誰かがこれで悪戯電話《いたずらでんわ》をかけてみようと提案し、それが三人のツボにはまってしまった。

狭い部屋に自棄な男が三人集まった妙なテンションの高さに、どうせ他人の携帯だからという気楽さが加わって、オーソドックスな喘《あえ》ぎ声から、間違い電話の振りだとか、そのうちどれだけ突拍子のない話ができるかという対抗意識のようなものが発生し、皆、いつの間にか電話口の相手よりも目の前の二人のために演技と台詞《せりふ》を競いあうようになった。

菓子をつまみつつダラダラと行ったとはいえ、帰宅した時には夜十時を回っていたから、相当な長時間電話を繰り返していたことになる。

そのときは呑気《のんき》なもので、自分的には未来の恋人からの電話という設定が一番うまく喋れたなぁなどと考えながら久則は二人と別れ——

そして冷静になった今、真っ青になっているという次第。

もちろん他人の落とし物を無断使用した時点で問題なのだが、目下のところ彼にとって最大の問題は〈彼女〉のことであった。

「で、どこに付き合えって？」

呆《あき》れかえったような声に久則は顔を上げた。

隣で手すりにもたれかかっている男子生徒は波河正臣という。久則の父方の従兄弟で、同じ高校二年生だ。

「それともまだ下らない懺悔《ざんげ》が続くのかな。だとしたら電話の持ち主に謝れ。以上終了。ていうか後悔するならやらなきゃいいのに」

パンを食べ終わった正臣はインド人の描かれたビニール袋をくしゃくしゃと丸めて制服のポケットにしまうと、久則に顔を向けて肩をすくめた。

「ガキの頃から何度同じ忠告をしたと思ってるのかな。学習しない人間を果たして人間と呼ぶ必要があるのか、僕は最近真剣に悩んでるよ」

その制服のズボンにまったく皺《しわ》がないのが久則には今更のように不思議でならない。いかに几帳面《きちようめん》とはいえ一年も着てまったくヨレもてかりもしないというのはいったどういう魔法なのか。そこまで考えて、己の思考が脱線していることに気づきため息をついた。

別のことを考えている暇はないはずだった。もうすぐ彼女の下校時刻で、それまでには学校を出なければならない。

寒くなったのか、正臣は少し身を震わせた。彼は手すりから体を離すと、久則が賄《わい》賂《ろ》のつもりで買ってきた缶コーヒーをプシリと開ける。冬の空気に湯気が舞った。

「ええと、正臣はさ、柊女子《ひいらぎじょし》に知り合いはいたっけか」

正臣は缶に口をつけたまま首をかしげた。

「五人くらい。あんまり親しくはないけどね。知らなかったっけ？」

久則と正臣は趣味も性格もまったく似ておらず、交友関係も被《かぶ》らない。従兄弟同士でなければおそらく親しくなることはなかっただろう。しかし親戚《しんせき》の付き合いで、小さなときから顔を合わせることは多かった。

正直なところ久則は正臣の性格は苦手だったが、いついかなるときにも冷静さを失わないところには内心一目置いている。

「でも、なんで急に柊女子？　イタ電の話と関係あるの？」

「いや、それがさ」

久則は心持ち姿勢を正して従兄弟の顔を見た。

柊女子は正式な名前を柊女子学院という。市内唯一の私立女子高で、久則たちの通う沖高校とは距離こそ近いものの、もう校舎から漂う雰囲気からして別物だ。

「二週間くらい前なんだけど、担任にさ、ちょっと柊女子まで付き合えって言われたんだよ。正臣はうちの学校に昔演劇部があったの知ってるか？」

「全然」

「今じゃ影も形もないけど、昔は全国大会常連だったらしい。で、倉庫には今でも大道具が眠ってたわけだ。その中に相当いいやつがあって、柊女子の演劇部からゆずってくれって話があったらしいんだな。そんなわけで運び係として俺《おれ》に声がかかったわけだ。まぁ担任には借りもあったし」

「ああ、遅刻の回数がそろそろまずいんだっけ？」

「嫌なことを思い出させるな。それはさておきさ、軽トラの荷台で大道具を押さえつつ向かった柊女子で、まぁ、その、一人の女子学生と会ったと思いねぇ」

言いながら早くも目が泳ぐ。正直なところものすごく話しにくい話題だった。

波河久則十六歳。ごく普通に女子には興味があり、友人たちとは当然恋愛話もするのだが、正臣の冷静な目を前にするとどうにも背中がもぞもぞする。

「でね、その女子学生がだね。俺たちと同じ二年でさ、演劇部のマネージャーっていうの？　よくわかんないんだけど裏方全般やってる子で、三条有亜っていうんだけど。こうさ、小柄でさ、サラッサラの髪が背中にふわってしててさ、小顔で色白でさ、目がぱっちりしてて、ちいっちゃいんだけどしっかりした感じで、柊女子なのになんだかお嬢っぽくなくてさ、ほら、リスみたいって言うかさ、雰囲気を一言でいうと『きゅっ』みたいな感じのね」

「わかりにくいよ」

「あとで知ったことなんだけど周りの評判もよくってさ、頼られるタイプっていうか、よく友達の相談に乗ったりとか、今回も大道具自体うちの学校にあることを調べたのも話つけたのも彼女でさ、他にも手先が器用でセンスがよくて、文化系の部活をあっちこっちで手伝ってて、もう三条がいないと柊の文化部は回っていかないと言われるようなさ、それでいてときどきふっと」

「いいから。その子がどうしたのさ」

「いや、だからさ、なんて言うの？　ほら」

一目惚《ひとめぼ》れしたんだ。

その言葉を口にしたとたん正臣は思い切り吹き出し、コーヒーが豪快に久則の顔に飛び散った。

「は、何？　あなた今なんとおっしゃいました？」

「だから、一目……」

最後まで言わないうちに、正臣は手すりにすがるようにして体を震わせ始めた。ケフンケフンと喉を鳴らし、なんだかもう呼吸困難になっている様相。

「げ、現実にそんな台詞を聞くことがあろうとは思わなかった……」

「笑いたきゃ笑えよ思いっきり！　とにかく俺にとってものすごい衝撃だったわけよ！　もう理想が歩いてるんだぜ、それはもう即声かけてさ、惚れました、付き合って下さいって言うでしょう、言いますともさ！」

久則は手すりをバンと叩く。

「それは……ドン引かれたろうね」

「……まぁ、最初は引かれたさ。第一声は『え？』だったさ」

従兄弟から若干視線を逸らし、顔にかかったコーヒーをハンカチで拭《ふ》いた。ホットだったはずの液体は宙を舞うや急激に冷え真剣に寒い。

「いや、でもね、即といってもその場じゃねぇよ？　他の部員もいたしさ、向こうの倉庫に荷物を運び込むときに運良く二人っきりになったからね、俺も行動の早きこと沖高の脊髄《せきずい》と呼ばれた男だからそこでスッと」

「たいして変わらないよ。そもそも一目惚れなんてのはある意味あなたの外見しか見てません宣言だし」

「外見だけじゃねぇよ！　もう見た瞬間に本質がわかったもん、絶対性格もいいってさ。俺は彼女と会うために生まれてきたんじゃないかって思ったもん」

「悪いけど、僕が久則の彼女だったとしてもその台詞聞いたら引くね。で、その子がどうしたのさ」

どうやら笑いの発作から完全に立ち直ったらしい正臣は、先程までと同じ澄ました顔で手すりに肘《ひじ》を置いた。

「だからさ、最初は引かれたけどそりゃもう努力してさ、なんとかメアド聞いて、何度か連絡とりあってさ、もう知れば知るほどいい子なんだよな、メールの文面ひとつとっても心根の優しさがにじみ出てるっていうかさ、もう今時こんな子がいるだろうかというような」

「惚気《のろけ》は抜きにしてくれませんかね」

「ま、そんでさ、有亜はずっと俺のこと『波河くん』って呼んでたんだけど、それじゃ他人行儀だろ、この前ついに綽名で呼んでくれることになってさ」

「綽名っていうと、『黄河』？」

「そう『黄河』。でさ、その前まではホントに良い感じだったんだぜ俺たち。こりゃ付き合う日も遠くないねって感じでさ。それが、綽名教えたとたん彼女真っ青になって、変なことにその日はそのまま帰っちゃったんだ」

「ふぅん、変だね」

「有亜は変じゃねぇよ!!」

久則の大声に従兄弟は片耳を塞《ふさ》ぎつつ、果てしなくウザイ生き物を見る目で彼を見た。

「ちゃんと訳があるんだよ。こうして話してるのはそれが理由なんだから」

「訳、っていうと……」

言いかけて、何かに気づいたように正臣は言葉を切った。口元に指を当てる。

「彼女さ、あれからメールにも返事してくれなくなってさ、電話には出てくれるんだけどそっけないっていうか。心配になるだろ? で、彼女の友達を捕まえて訊いてみたんだよ」

「いや、あのさ、ひょっとして」

「その友達が言うにはさ、俺と初めて会った日の何日か前に、有亜のところに電話がかかってきたらしいんだ」

久則は正臣がいつの間にか下を向いていることに気がついた。細い肩が先程と同じように震えている。

「そんでさ、その相手が言ったらしいんだ。『これは未来からの電話だ』って」

「それって……それって、さ」

世界の終末のような顔をする久則と、相変わらず肩を震わせる正臣。

「うん。俺のイタ電の相手、彼女だったらしいんだ」

しん、とした。

「俺、電話の時名前訊かれて綽名教えちゃったから……」

「あはははははははははは!!」

一瞬の間を置き、正臣の笑いが爆発した。

「うははは、自業自得！　超自業自得!!」

「おまっ、そんな言い方ないだろ、お前に親戚に対する愛情的なものはないのかよ！」

「ははは、どの口が言うかねその台詞を」

バンバンと手すりを叩きながら（そのたびに手すりの中の空洞にボオンボオンと音が響く）笑う様は、普段「正臣くんってカッコイイよね」などと騒いでいるクラスの女子どもを今すぐ呼び出してやりたいほど。というかこの従兄弟がいついかなるときも冷静だと思っていた久則としてはなんかもういろいろとやりきれなかった。

「笑いごっちゃねぇんだよ！　彼女本気の本気で信じちゃってさ、俺と付き合ったら不幸を呼んじゃうって思い込んでるらしいんだって！　とにかくわけ話して謝んなきゃと思うんだけどもう電話もそっけない会えば避けられる昨日ついにメアド変えられるの三重苦でさ、ていうかいっぺん有亜に『好きなタイプってどんなの？』とか訊いたら返ってきた答えは『特にないけど嘘《うそ》つきだけは大嫌い』って！　白状したら即俺嫌われること確実なわけですよ！　あのね、やっとね、俺にも春が来ようというこの矢先にね、たとえ自分が蒔《ま》いた種であろうともここまでキツイ展開にならなくたっていいんじゃないかと」

「はははは。ま、誠心誠意謝るんだね。これも経験でしょ」

正臣が空き缶で手すりをコツンと叩き、久則は口をつぐんだ。

「罪にはすべからく報いがくるってこと。そこからのフォローが大切なわけでしょ」

確かにそのとおりで、返す言葉もないのだが。

「それはさ、謝らなきゃいけないとは俺も思うんだ。でもさ、それでも踏み出せないってのがある意味人間っていうか、嫌われるのが本当に怖いんだよ。正臣は、俺の状況におかれたら素直に白状できるってのか？」

「できるよ」

ですよねー。

従兄弟の涼しい顔を見ているうちに、すこん、と久則の中で何かのスイッチが入った。心の中が嘘のようにスッと落ち着く。

そうだよなぁ。やらなきゃならないことは最初から決まっていて、ならばもう勢いで行くしかないだろう。そんな気持ちになった。うじうじ悩むのは元来久則の得意とするところではない。彼はグッと拳《こぶし》を握り、腕の時計に視線を走らせた。

「いいから来てくれよ正臣！」

「は？」

「もうすぐ有亜が帰る時間なんだ。今日直接捕まえて謝るって決めたんだよ！」

「いや、それはけっこうな心がけだけど、なんで久則の謝罪に僕が付き合わなきゃいけないのかな」

「フォロー要員に決まってるだろ！　俺こういうの絶対失敗するだろ、相手の神経逆撫でしちゃう自信がある。そこで正臣のツッコミが必要になるってわけだよ」

「……冷静な自己分析なんだかなんなんだか」

思い立てばじっとしてはいられない。久則は従兄弟をせき立てて屋上を飛び出し、踊り場のゴミ箱に空き缶を放り込もうとして外れたのを拾ってそっと入れ、勢いよく階段を降りるとそのまま校舎裏の自転車置き場に向かった。

久則はそのまま愛車のママチャリに飛び乗ったが、正臣はマフラーをきっちり巻き、コートのボタンを最後まで留めてから自転車に乗った。

「まぁ実際のところさ、そこまで焦ることもないと思うけどね」

冬の坂道、街を一望できる国道脇を自転車で併走しながら、正臣は肩をすくめた。

「その子も最初は怒ると思うけどさ、携帯の持ち主とは違って実害はないんだし、いくら嘘が嫌いな子だったたって、心から謝ればわかってくれるだろ。というかそれで駄目な女ならあえて付き合おうってのもどうかと思うし」

「どうかとは思わない!」

「へいへい」

「というか、それだけなら俺だってここまで迷わないんだ」

公園脇の信号で停まったところで、久則は顔をぐいと正臣の方に向けた。

「つまりさ、問題はもうちょっと複雑なんだよ」

改めて口にしようとすると自分でもバカバカしい話だとは思ったが、話さなければしかたない。言いよどんでいるうちに信号は青になり、再び自転車をこぎ出した正臣に慌てて続いた。下り坂だけにけっこうなスピードで、人が話しかけているのだからもう少し穏やかなスピードで行ってほしいものだと思う。

「なんていうか、そのさ、俺の予言、当たっちゃったんだ」

瞬間、ありえないブレーキングで正臣の自転車が動きを止めたために、久則は急坂を十メートルもバックしなければならなくなった。

「予言って？」

「いや、だからさ」

ゼイゼイしながら戻る。自転車をまたいだまま憮然《ぶぜん》としている正臣の隣について、久則は大きく息を吐き出した。

「イタ電かけたときに彼女がさ、信じられないって言ったんだ。本当に未来から電話してるなら、証拠《しょうこ》に未来のこと教えろって」

「ふぅん。彼女、けっこう冷静だったんだね」

「有亜はしっかりしてるって言っただろ。そんでまぁほら勢いっていうか、こっちもいろいろでたらめを話しちゃったんだよな。近々窃盗事件があるとかさ、その後階段から人が落ちるとか」

「窃盗？」

正臣は首をかしげた。

「この前柊女子でそんなことがあったよね」

「そうなんだよ、それで予言が当たったって信じちゃったらしいんだ」

久則が真剣な顔で頷《うなず》いてみせると、従兄弟は肩をすくめた。

「ばっかばかしい」

「そうだけどさ！　自分の身にそんなことが起こったと仮定してみろよ、なんかこう臍《へそ》の裏に汗がじわっとするようななんとも嫌な気持ちがだな」

「何言ってるのさ。部室荒らしだの置き引きの類なんてあっちこっちの学校で起こってるんだし、そんなの当たったって未来電話の証明にはならないよ。ていうか臍の裏ってなんだよ」

「だけどさ……」

久則はなおも言いかけたが、そこで肩を落とした。確かに正臣の言うとおりだ。予言が当たったという話を聞いたときには不安に駆られたが、こうして往来で口に出してみると、どうひいき目に考えてもただの偶然としか思えない。

「行こうか」

澄ました顔で促され、久則は無言で前を向いた。

坂の上、西洋建築の校舎が夕日を浴びて輝いている。

校門は優美な蔦《つた》を連想させるデザインで、行き交うコートと制服がまた華やか。周辺の商店さえもなんだか上品に見えるのは、久則の思い込みのなせる技か。

校門脇に自転車を停め、二人は柊女子の白い門柱を見上げた。

「なんていうか、校章のデザインがうちとは既に違う感じがするよな」

「僻《ひが》みにしか感じられませんな」

隣に並んで正臣は涼しげな顔で言う。沖高からここまでは三つの上り坂と二つの下り坂を越えてきたのだが、そんな風にはとても見えない。正臣がそのまま校門に向かおうとするので、久則は慌てて時計を見た。

「そっちじゃないんだ。この時間はもう塾の方だと思う」

時計は三時半を指している。やはり少し出遅れた。有亜の通う塾はもう少し先、講義の時間にはまだ間があるはずだが、途中で追いつけるだろうか。

レンガ敷の歩道は下校する柊女子生で一杯だった。その脇を自転車で走りながら、久則は見知った姿を探す。

いた！

道路を挟んで少し先の歩道を三条有亜が歩いているのを見つけた。

リスの尻尾《しっぽ》のような長い髪が背中でふわふわしている。紺のコートも可愛《かわい》らしく、ブレザーの制服がよく似合う。周囲を歩く生徒たちよりも頭一つ背が低い。

彼女は友人らしい柊女子生と並んで歩いていた。話に夢中なのか、こちらにはまったく気づいていない。

久則は一瞬状況を忘れてその横顔に見とれた。寒さに少し肩をすくめるような仕草、通った鼻筋、ピンクの唇。あ、笑った。久しぶりに彼女の笑顔を見たような気がする。

こういうとき、世界から他人の存在って本当に消えるんだなと。そんな呑気なことを思ったりして、傍らで正臣がした咳払《せきばら》いで我に返った。連れてきてよかったなぁと思う。

「正臣、パス」

久則は自転車から飛び降り愛車を従兄弟の方へ押しやった。

「え、あのね、自転車乗ってるときにもう一台支えるのは重……」

「有亜！」

道を渡りながら名を呼ぶと、彼女は不思議そうに振り返り、そしてその目は久則の姿をとらえた。

「波河……くん」

大きな茶色がかった目が、驚いたように見開かれる。久則はそちらに駆け寄り、回り込むようにして彼女の前に立った。

正面からその顔を見て、ああ、やっぱり可愛いな、と思う。

体育の授業があったのだろうか、有亜は普段はおろしている髪を無造作に結んでいた。それでも充分可愛いらしい。しかしその顔は次の瞬間にはこわばった。

「あの……」

視線を久則に向けたまま、彼女は鞄《かばん》を抱えるようにして僅かに後ろにさがる。その様子に久則はちょっと泣きたい気分になった。

「えと、あのさ」

自分から声をかけたものの、イザとなると言葉が出てこない。だって嫌われたくないわけで、それはまったくそうなわけで。

「話があるんだ。時間、いいかな」

「ない。塾だもの」

そう言うと彼女は抱えていた鞄を僅かにさげた。

「……ごめんなさい」

叱《しか》られたり怒鳴られたりすることには、久則は比較的慣れているつもりだった。しかし相手に謝られてしまうとどうしていいのかわからない。奮い立たせた気持ちがあっという間にしぼむのがわかった。

彼女はもう一度申し訳なさそうに顔を見ると、久則の方――いや、その背後の塾の方へ一歩踏み出す。久則は空気に押されるように思わず後ろにさがった。

「ええと、あのね」

だめだ、予想通りというか言葉は出てこず、視線が泳いでしまう。道路の向こうで正臣が呑気に「GOGO」のジェスチャーを送っているのが見えるがそんな余裕ねんだよこの野郎と激しく言いたい。

すぐ脇には塾のタイル張りの壁、それに沿うように久則はさがる、有亜は進む、久則さがる。やがてでかでかと立てられた「名門大学〇〇人合格」の看板をすぎ、入口の自動ドアの前に来てもまだ見えない力に押され、久則はついに建物の反対側、非常階段のところまで来てしまった。

ドアのところで立ち止まった有亜は、無言のままそんな彼にちらりと視線を向け、友人に手を振って建物の中に入って行こうとする。久則はなんとかフォローの言葉を口にしようと唇を動かして。

そのとき、黄色いものが視界をよぎった。

何か、鮮やかな、
それが何かを久則が理解するより早く、ガガガガッという音が辺りに響いた。

正臣が驚いたように足を止める。有亜の目が見開かれる。

悲鳴。

気がつけば目の前に人の姿があり、そして久則はようやっと理解した。

非常階段の上から、人が落ちてきたのだ。

「う……」

呻《うめ》く声。鮮やかな黄色のコート。その下に柊女子の制服が見える。落ちてきた少女は肩を押さえて顔を歪《ゆが》めた。

「お、おい、大丈夫かよ⁉」

悲鳴を聞きつけビルの窓から一斉に覗く顔、足を止める道行く人。

倒れたままの女子生徒に走り寄り、彼女を助け起こしながらも、別のことが久則の頭を支配していた。

なんだ？　なんだこれ……

「ねぇ、久則」

いつの間に道を渡ってきたのだろう、傍らに膝をつきながら、正臣が呟くように言った。

「さっきなんて言った？　電話をかけたとき、盗難事件の他に何か予言したって」

「ああ……俺は」

ぼんやりとした頭で、久則は口を開いた。

あのとき言ったんだ。

「階段から人が落ちるって。それも、黄色い服の人がって俺は言ったんだ」

第二章　黄色い転落・緑の火事

考えるより先に体が動くのが波河久則の短所であったが、それは同時に長所でもあった。

起き上がろうとする女子生徒に手をかして、塾のエントランスまで彼女を運ぶ。駆けてくる職員に事情を説明し、怪我《けが》の様子を確認する。彼女の荷物は正臣に頼む。傍から見れば実にてきぱきとしていたことだろう。

しかしその間もずっと、久則の頭は同じ言葉を繰り返していた。

何が起こってる？　これはどういうことだ？　今何が？

意識には霞《かすみ》がかかっているようなのに、体の方はソファーに彼女を座らせて、大丈夫か怪我はないかと尋ねているのだから自分でも驚きだった。落ちた少女は人形のように言うことに従いながら、青ざめた顔を床に向けている。

「大丈夫、です……」

答える声は蚊の鳴くようようだった。ほとんど真っ逆さまと言えるような落ち方をしたのだから、動じるなという方が無理だろう。

「頭を打ってるかも。救急車を呼ぶ？」

その顔を塾の職員が覗き込み、心配そうに声をかけるが、女子生徒は首を振った。

「大丈夫、帰ります」

「あ、じゃあ送ってくよ」

俺の無意識すごいなぁ、こんな状態の子を一人で帰らせるわけにもいかないもんな。

どこか呑気に久則はそう思う。

彼女はコートの襟をかき抱いたまま、ふるふると首を振った。

「けっこうです」

「でもねぇ、誰かに迎えに来てもらった方が。家の人に連絡はつく？」

職員の言葉に女子生徒の体がビクンと震えた。彼女は初めて顔を上げる。

目が合った。

ショートカットの髪にキリッとした眉《まゆ》、少し吊《つ》り気味の目。こんなに青ざめて震えていなければ、きっと強気な少女なのだろうと思う。

目が合って、一瞬間があったが、彼女はやはり首を振った。

「本当に大丈夫ですから、一人で帰れます」

「そうは言ってもねぇ。その様子じゃ」

職員は迷うようにカウンターに視線を向けた。タクシーを呼ぼうかと考えているのだろうか。

「いいですよ、俺たちが送っていきますよ」

「そう？　じゃあもうちょっと落ち着いたら、ね」

肩に手をおかれて、女子生徒はやっと頷く。ほっと笑う職員も、青い布の張られたソファーも、久則の視界に確かに映ってはいるのだが、相変わらずガラス越しのようにリアリティが感じられない。

偶然、偶然？　なら、じゃあ、これはなんだ？

ぐるりぐるりと回る頭のまま、久則はもう一度鮮やかな黄色のコートを見て。

……俺、なんでここにいるんだっけ？

ぽんとそんな考えが頭に浮かび、激しく戸惑った。

急速に〈自分〉が戻ってくる感覚。なんでって、決まっている。そうだ、有亜に謝りに来たのだ。早く誤解を解かないといけないのだ。なんで謝らなければならないかというと、あの電話は一から十まででたらめだったからだ。

でたらめ……だったはず、だよな？　久則はぎこちなく首を動かして、有亜の様子を窺《うかが》おうとして。

ソファーから少し離れた場所に、不安げに立っている彼女を見つけた。正臣はその横で、何か考え込むような顔をしている。

久則は「有亜」と名を呼ぼうとして、彼女と目が合った。そのとたん有亜の体がビクと震える。わかりやすい反応だと悲しくなった。

「あの……さ」

言葉が出てこない。なんと言えばいいのだろう。謝る？　今ここで？　だが……

「あなたはもう行きなさい。もうすぐ授業でしょ」

久則の肩越しに職員が有亜に声をかける。彼女の小さな体がもう一度震える。

一瞬間があり、有亜はソファーに座る女子生徒を迷ったように見た。

「大丈夫、なんですよね」

「この子なら平気よ。具合が悪くなるようなら病院につれていくから」

「じゃあ……私はこれで」

彼女は一歩後ろにさがり、そのまま背を向けようとする。

「え、いや、あのさ！」

久則は思わず声をあげていた。

有亜が振り返る。目が合うたび時が止まるようで、自分で声をかけておきながら戸惑った。

「ごめん。時間、ないから」

身を翻し駆けて行く後ろ姿を、久則は呆然《ぼうぜん》と見送った。

「久則、ちょっとさ、訊きたいことがあるんだけど」

視線を有亜に向けたまま、正臣がポツリと言った。

「ああ、俺も話したい」

久則は今度こそ本当に、泣きそうだった。


「正直、ちょっと混乱してるよ」

三十分ほど後、久則と正臣は駅前のドトールにいた。

あれから二人は女子生徒（神田《かんだ》と名乗った）を駅まで送ったが、これ以上は大丈夫、体も何の心配もないと彼女に力説され、結局家までは送らずそこで別れた。

気にならないわけではなかったが、あそこまで固辞されてはそれ以上押すわけにもいかない。

窓に面したカウンター席で、ホットの紅茶をマグカップから一口飲むと、正臣は小さく息をついた。

「予言が当たったなんて最初はバカバカしいって思ってさ。久則は本当に馬鹿《ばか》で間抜けで単純で愚かで救いようがないなと」

「いやそこまで言わなくてもいいだろ」

窓の外を人々が歩いていく。ガラスの向こうの光景は妙にリアリティがなく、久則はカウンターの上の右手をぐっと握ってまた開いた。大丈夫だ、もうあの乖離《かいり》した感覚はない。だが混乱は続いていた。

「本当の本当に、黄色い服って言ったんだね」

頷いた。間違いない。覚えている。

「あれは……何だったんだ」

視界をよぎる黄色い姿、辺りに響いた音と悲鳴。未《いま》だにそれが現実だとは思えなかった。正臣は唇に手を当てて、思案するような顔になった。

「偶然、かな。ありえないことでもないよね。久則、予言っていうのは他にもあるの？」

「ええと……四つ、五つかな。あのときさ、未来のことを教えてって言われて、どうせならちょっと怖がらせてやろうかな、とか」

話しているうちに穴があったら入りたい気持ちになり、久則は上目遣いに従兄弟の様子を窺ったが、正臣は顔色も変えず言葉を続けた。

「役に立たない後悔とか正直どうでもいいから。それより思い出してほしいな。なんで黄色い服なんて思いついた？」

「いやもう適当としか言いようがなくてさ、最初に窃盗事件が起こるって言った後、とっさに他の予言が思いつかなくて顔を上げたら赤城が『黄ちゃん頑張れ頑張れ』とかフリップ書いて見せてきて、そんで『あ、黄色使おう』って思って。そのまま色で連想して、その方が怖がるかと思って全部有亜の身近で起こるって……」

予言は五つ、皆の服や壁のポスターから色を拾って口にしたのだ。

一、この電話から一ヶ月以内に、君の身近なところで窃盗が行われる
二、それからしばらく経って、黄色い服の人が階段から落ちる
三、緑に関係する火事が起こる
四、赤い場所で人が刺される
五、白くて四角い物が君の友人を傷つける

「ずいぶんいろいろ言ったね。意味不明なのもあるし。〈緑に関係する火事〉ってなにさ」

「知らないって。適当にアドリブで言ったんだから」

元ネタはあのとき青田の着ていた半纏《はんてん》の色だったはずだ。制服に半纏という間のぬけた姿は不幸とは容易に結びつかず、現状とのギャップが笑えた。いや笑い事ではないのだが。

「どうせ予言するならもうちょっとそれっぽくできなかったのかな。たとえば火事ならさ、『三冬月《みふゆづき》の日、風の中で汝《なんじ》は炎を見るだろう。かつての栄光は哀れな家畜と共に崩れ去り、真実は汝に傷を負わせる。けれど恐るるなかれ、ラッキーアイテムは真っ赤なパジェロ、それでけっこううまくいくヨ』……とか」

「後半いい加減すぎだろ」

ガラスの向こうを通り過ぎる車のランプを見ながら、正臣はもう一口紅茶に口をつけた。

「で、言ったのはそれだけ？」

「あとさ、『青いものに気をつけて』とも言ったんだ。黄色緑赤ときたから、青も言っとかなきゃみたいな気になって」

「律儀だね。他には？」

さらに問われて目が泳ぐ。久則はいつの間にか背中に嫌な汗をかいていた。

「『僕たちは……いつか人を殺す』」

ぽぴゅうと愉快な音を立てて、正臣の口から紅茶が吹き出した。窓ガラスがちょっとした大惨事になる。

「何回吹き出させたら気が済むんだい」

「毎回拭いてるんで許して下さい」

「まったく、どこからそんな発想が出るのかね。で、予言はそれで全部だね」

「たぶん。……一緒に電話かけたやつらに確認してみるよ」

あのときは皆おかしなテンションだったが、三人で記憶を突き合わせればまず間違いないだろう。

久則はストローに口をつけた。グラスに入っているのはブラックのアイスコーヒー。外は寒いが頭を冷やしたい気分だった。

苦い液体が喉を通っていく間にも、また目の前に鮮やかな黄色がちらつき、先日有亜の友人に彼女の様子を問いただしたときのことが頭をよぎった。

——あのね、変な話なんだけど、有亜が占い師みたいなのに未来を予言されたって言うの。波河くんと付き合うと不幸になるって。この前校内で置き引き事件が起こってね、有亜が言うには、それも予言のとおりなんだって。怖いでしょ——

まさか、そんな。まるで氷を飲み込んだかのように、胃の辺りが冷たくなる。

「なぁ、正臣。俺の嘘予言……本当に当たっちゃうってこと、かな」

「んー」

正臣は紅茶のかかった袖口《そでぐち》をつまみ、ちらりと視線を動かした。

「久則、僕を騙《だま》してるってことはないよね」

「は？」

「だからさ、嘘予言電話自体がないもので、赤城たちとみんなで人をからかってるんじゃないかって話さ。三人集まるといつだってろくなことしないだろ」

「あのなぁ。あの子怪我してたじゃないか。悪戯のためにあんな危ないことするかよ」

久則は渋い顔をした。喉を通るコーヒーが、いつもよりも苦く感じられる。

「それにからかうも何も、俺は赤城たちには有亜に出会ったこと自体話してないぞ」

「へぇ。このお喋りさんが今回に限って黙ってたと」

正臣は心底呆れたように言う。久則は少し苛立《いらだ》ったが、正臣は元々喜怒哀楽の代わりに呆呆呆楽の感情しか持たないような人間なのだから致し方がない。言葉を呑み込んでいると、従兄弟はテーブルに肘をつき、意地の悪い視線を向けてきた。

「とても信じられないね。てっきりあちこちに吹聴《ふいちょう》して回ったんだと思ったよ。理想の子に会ったとかどーだとか」

「いや、まぁ。いつもならそうしただろうけど、赤城のヤツがこの前失恋したばっかりでさ。それも柊女子の子相手だったからちょっと」

「それはお気の毒に。いくら久則が無神経の権化だって、おいそれと惚気られなかったってわけだ」

「……正臣だって相当無神経だろ」

「僕は傷つけたくない人には普段からちゃんと神経を使うよ」

「……お前人としてどうかと思う」

「あのさ。〈言霊《ことだま》〉って知ってる？」

ふいに正臣が知らない言葉を口にした。

「いや？」

「『志貴島《しきしま》の日本《やまと》の国は事靈《ことだま》の佑《さき》はふ國《くに》ぞ福《さき》くありとぞ』ってね」

彼はカップをカウンターに置き、顔を窓に向けたまま言葉を続けた。

「ものすごくぶっちゃけて言うとさ、『口にした言葉は本物になる』って考え。受験生に『滑る』って言っちゃいけないとかさ。日本には昔から良い言葉を口にすると良いことが、悪い言葉を口にすると悪いことが起こるって考えがあるんだ」

久則はきょとんとしてしまった。いきなり何を言うのだろう。何かツッコミ的なことを言うべきかと顔を上げたが、しかし正臣は笑っていなかった。

「そんなの、迷信だろ」

「どうかな。昔からの言い伝えっていうのはなかなか馬鹿にできないんだよ。たとえば今コンビニに行けば『合格祈願菓子』が溢れてるだろ、迷信だ迷信だって言っても心の底ではそれだけ信じてる人が多いってことさ。もちろん過去は変えられないし、慢心からの宣言は逆に不幸を呼ぶなんて考えもあるけど、未来はどんどん変わってく。今本当に未来からの電話がかかってきたとしても、僕は驚かないね。というかかかってくる。そう久則が言っちゃった以上」

神託でも伝えるような大まじめな顔で、従兄弟は続けた。

「おいおい……」

冗談はいいかげんにしろよと言いかけて、久則は突然不安になった。

もしも万が一、そんな力が働いているとしたら。

予言の出来事は皆有亜の身近で起こると言ってしまった。そして最後に被害を被るのは……有亜自身なのだ。

冷水を浴びせかけられたようにぞっとして、久則は体をこわばらせた。彼女の笑い顔を思い出していた。自分のせいでそれが泣き顔になる。それは嫌だ。それだけは嫌だ。考えただけで背中に汗をかき、不安に駆られて口を開いた。

「なぁ正臣、もしもの話なんだけどさ、その〈言霊〉ってやつがあるとしてさ、取り消すことってできないのか？」

「無理でしょ」

「……あっさり言うなよ」

「そうはいっても悪い言葉っていうのはほとんど呪《のろ》いと同じだからね。だから昔の人はそれだけ言葉に気を遣ってきたわけだよ。誰かさんと違って短絡的じゃなかったわけ」

「なんてね」

正臣はそう言うと、ぬるくなった紅茶を飲んで、ふっと笑った。

「へ？」

「いくらなんだって言ったことがそのまま現実になるなんて。そんなことがあったら世の中は大変なことになってる」

久則がその言葉を理解するのに、自分でも信じられないくらいの時間がかかった。グラスを摑《つか》んだまま硬直した状態からたっぷり三十秒は経《た》った後、彼は大きく息を吐き出した。

「だよ、なぁ」

「だからきっとただの偶然だと思うよ。ダイスで連続同じ数字を出すのは難しいけど、できないわけじゃない」

「だよなだよなそーだよな！」

現金な物で、誰か味方がつけば元気になる。久則は今の今まで呼吸を忘れていたかのように大きく息を吸い込んだ。

「そうそう、俺って駄目だよな。いつまでも電話のことを謝らないから罪悪感で変なこと考えるんだ。今夜……はやめとくか。あの様子じゃ聞いてくれないだろうし。うし、とにかく今度きっちり謝ってくるよ！」

「ま、その心がけは大事だね」

正臣は肩をすくめると、紅茶を追加注文するために席を立った。

まぁ、相当な量吹き出しちゃったからね。

部屋の明かりをつけてから、三条有亜は玄関で五秒待った。

そっと周りに視線を走らせたが、室内には何の気配もない。有亜は小さく息をつくと、ためらった自分を打ち消すように胸を軽くそらしてリビングに足を踏み入れた。

「ただいまっ」

金魚の水槽に手を挙げて、中で泳ぐらんちゅうに声をかけ、髪を留めていたゴムを外す。リビングのソファーの上にコートを投げ出して、そこで一瞬、また何かにビクついている自分に気がついた。

……らしくないな。

ソファーの背に手をついた。こんなところを学校の皆に見られたら笑われてしまうだろう。周囲の有亜に対する評価は一貫して「頼りになる」だというのに。

しっかりしなくちゃ。有亜は冷蔵庫を開けてキャロットジュースを取り出そうとしたが、結局口をつけずに元に戻した。

食欲がない。ここ数日熱っぽく、今日はいつにも増して落ち着かなかった。

理由はわかっている。自己嫌悪だ。

脳裏に先程の波河久則の顔が思い浮かんで、胸がちくりと痛んだ。重たい気持ちが増すのがわかる。

彼は何か言いたそうな顔をしていた。塾の講義が終わったときにはもう姿はなかったが、あきらめて帰ってしまったのだろうか。

「……ごめんね」

ぽろっと言葉が口をついて出た。

何も言わずに突然距離を置くようになったのだから、彼が戸惑って理由を知りたいと思うのは当然だろう。有亜自身、自分の態度が問題だとはわかっていた。けれど――

「予言のせいだなんて。ねぇ」

頭を振った。そんなことで人と縁を切ろうとするなんて、自分でもバカバカしいことだとは思う。

だが帰宅途中、いや講義の間からずっと、同じ言葉ばかりが頭を回っていた。

何が起こってるの？　これはどういうこと？　今何が？

目の前を鮮やかな黄色の幻がよぎる。有亜は顔を上げて、リビングの隅の固定電話を見た。何の変哲もないグレーの機械は妙に不気味な存在に思え、自然と、あの日あの電話がかかってきたときのことが思い出された。

僕たちはいつか人を殺すと。その日初めて聞いた男の声は未来の恋人だと名乗り、信じられない予言を告げた。

有亜もそのときはまったく信じていなかった。けれど……

波河久則と出会ったのはその直後。今でもはっきりと覚えている。小柄な有亜が三人いても持てないような大道具を軽々と持ち上げながら挨拶《あいさつ》しようとしたのも驚いたが、その次の瞬間大道具を放り出して有亜の方に駆け寄ろうとしたのにはもっと驚いた。一緒にいた教師が躊躇なく彼の頭をはたいたのにも驚いた。

……無事で良かったなあ、あの大道具。

思い出してくすっと笑ってしまい、我に返ってまた沈み込んだ。

久則の隣にいるとき、自分の笑い方が違うことに気づいたのはいつだったろう。友達といるときとは違って、特に面白いことがなくても、気がつけば自分はいつもくすくす笑っていて、それは不思議と心地よかった。

革張りのソファーの背もたれを無意味に指でなぞりながら、有亜はぼんやりと天井を見た。考えだけは過去に飛び、頭の中をぐるぐると回る。

——いつまでも「波河くん」じゃ堅苦しいからさ、「久則」とか、あと友達につけられた綽名なんだけど、「黄河」とか——

その名を告げられたときの衝撃を思い出していた。ちょうど今と同じように、あのとき有亜は混乱に襲われたのだ。

改めて考えれば、久則の声は確かにあの〈未来の恋人〉の声とよく似ていた。

そして起こった窃盗事件。運動部が部室に置きっぱなしにしていた財布を盗られたというよくあるもので、それだけなら驚きはしなかっただろう。しかし今日目撃した階段を落ちる黄色い影、あれは——

背もたれに掛けた上着がずるりと滑り、有亜は慌てて拾い上げた。

あれは偶然？　まさか。予言はもう二つも的中しているのだ。自分たちはいつか人を殺し、そして自分も死ぬ。その言葉を思い出して体がこわばった。

どんなにありえないと思えることでも、証拠が並べられれば信じるしかない。誰かの命と、最近知り合ったばかりの相手と縁を切ること。どちらが重いかと言えば答えは簡単だった。

そうだ、冷静に、沈着に、落ち着いて考えれば大丈夫。有亜は深呼吸をし、小さくうんと頷いた。

電話の警告を守り、このまま彼と距離を置いて二度と連絡をとらなければいいのだ。

自分はまだ久則の「一目惚れ」発言には答えていないのだから、きっとまだ間に合うはず。

「あとは、そうだよね、青、青い物……」

有亜は電話の声を思い出しながら周囲を見た。

――僕と付き合うことがなければ君が人を殺すことはないはずだけど、青い物には気をつけて。それが君に不幸を呼ぶから――

立ち上がり、本棚に置かれたペン立てから青いカッターを抜き取った。どこか奥にしまっておこう。

よし、冷静に考えられるようになってきている。あとは何か……たしか勉強机の引き出しに青いハサミがあったはずだ。この際まとめて片付けてしまおうと有亜は小さく気合いを入れて、自分の部屋に足を踏み入れた。

ハサミにペンに青いまち針、思いつく限りの青いものをまとめて箱に詰め、ガムテープで巻いてベッドの下に押し込む。棚の上に置いていたはずのガムテープが見つからず少し手間取ったが、概《おおむ》ね短時間で作業は済んだ。不燃ゴミの日にでも出してしまおう。

ベッドに腰を下ろしてほっと一息ついた有亜は、クッションを脇に引き寄せると、通学鞄からなんとなく携帯電話を取りだした。

メールが何通か来ていた。クラスメイトからのたわいもない話題と、文芸部からこの前製本を手伝った礼、演劇部からは衣装の進捗《しんちょく》状況《じょうきょう》の問い合わせと追加依頼、それから相談事。

画面を眺めながら、このもやもやを誰かに話したいと考えた。同じ演劇部の朝月《あさつき》香《かおり》にはこの前も〈未来からの電話〉の話をしたばかりだからちょうどいい。有亜はそうと決めるとボタンを押した。

「香、今いい？」

「もちろん。メール見てくれた？」

数回のコールで電話に出た香は、テンションも高く話し始める。こちらの気分まで明るくなるようで、有亜は顔をほころばせた。

「衣装、せかしてごめんね」

「いいよ、任せなさいって。こういうの好きだもの」

机の横の紙袋に視線を向けた。頼まれた舞台衣装はあとは飾りをつければ完成だ。本来衣装は有亜の担当ではないのだが、香が先日の体育で突き指をしてしまったので仕方がない。

「ホント助かったよ。恩に着る。まったく持つべきものは友達だよね」

　時代がかった言い方が面白くて、有亜は少し笑うとマカロン型のクッションに体を預けた。

「いいって。その分舞台で頑張ってね。そうだ、朝練増やそうか」

「えぇー。それはキツイよぅ」

「普段から鍛えないと声出ないよ」

　香も笑ったが、やがてしみじみと息をついた。

「ホント、有亜がいなかったら大変だったよ。私、衣装が縫えないってこと全然考えてなくて、言ってもらえなかったらほったらかしにしてたと思う。本当に頼りになるよね」

「ん……」

　有亜はなんとなく、返事に詰まった。

「どしたの？　元気ないんじゃない」

「そう、かな」

「声暗いよ。どしたの？　この前のピアスのこと？」

　ああ、そんなこともあったっけ。ちらりとゴミ箱を見た。なんだか遠い昔のことのように思える。

「ううん、ピアスも未だに悔しいんだけど……」

有亜は先々週、気に入っていたピアスをなくしてしまったのだ。卒業したらつけようとケースから出してもいなかっただけに悔しく、学校でも何度か嘆いていたのだが、最近立て続けに起こった出来事のためにそんなことはすっかり忘れていた。

「今日はね、ちょっと話したいことがあって」

有亜は夕方の事を話した。塾の前で久則と会ったこと、非常階段から一年生が落ちるところに居合わせたこと。香は無言で聞いてくれ、真剣な声で相づちをうった。

「じゃあ、やっぱりあの予言が当たった、ってこと……？」

「もちろん私もそんな非現実的なことを頭から信じたわけじゃないよ、だけど偶然もここまで重なるとちょっとね」

「やだ……怖いよそれって」

有亜はベッドの上に座り直した。やはり人に話すと気持ちが落ち着く。

「まぁ、でも怖がってても仕方ないし」

「ええ、怖いよぉ。なんかごめんね、私この前あんまり信じてなくて」

「いいよ。信じないのが普通だもの。だけどね、私もいろいろ考えたんだけど、いくつも当たっているし、波河くんの綽名のことだってあるし」

有亜が久則の名前を出すと、香はまるで目の前に幽霊でもいるかのように、か細い声でうーと唸《うな》った。

「波河くんとは、まだ距離おいてるの？」

「うん……まぁ。自分でもバカバカしいかもって思うけど、万が一って考えちゃって」

「そっか。実は私ね、この前彼に呼び止められて訊かれたんだ。なんか最近有亜がよそよそしいって、何かあったのかって」

「そうなんだ……。波河くん気にしてた？」

「うん、かわいそうなくらいだった。あんなに有亜のこと好きなんだもんね」

有亜は苦笑した。久則のことは噂《うわさ》好きの女子高生の間ですっかり有名になっている。当人は周囲に気づかれないよう行動しているつもりらしいのだが、わかりやすくて仕方がないのだ。

「一目惚れするくらい好きな相手に無視されるなんて悲しすぎるよ」

「それは……どうなのかな」

正直なところ有亜には久則が何を考えているのかよくわからない。好意をもってくれているのは間違いないのだろうが、「一目惚れ」などという言葉をあんなにさらりと使えるものだろうか。

ベッドの上でもそそっと体を動かした。彼の言葉を思い出しただけで背中の辺りがどうにも落ち着かなくなり、思考はいつもそこで止まってしまう。自分が人に一目惚れされるような絶世の美女だとはとてもではないが思えないわけで、うっかり信じてしまったら足元をすくわれそうで少し怖いのだ。

「そんなこと言っちゃかわいそうだよ。でね、事情を知らないかって言われたから」

「正直ね、一目惚れって信用できないし」

「え……」

嫌な予感がし、有亜は携帯を耳に当てたまま固まった。

「まさか、予言のこと話しちゃったわけじゃないよね」

おそるおそる尋ねると、不思議そうな声が返ってきた。

「もちろん話したけど。話しちゃ……いけなかったの？」

「ええええっ！」

ガツンと頭を殴られたような衝撃に有亜は大きくのけぞった。

塾のエントランスが思い浮かぶ。では、では、久則は事情を全て知っていたということか。有亜は目眩《めまい》がしてベッドの端に手をついた。

「なんで、どうして、なんで勝手に！」

「だって波河くん有亜のことすごく心配してたし」

恥ずかしさで顔から火が出そうになり、携帯を持っていることも忘れてわたわたと手を振った。それでは通話ができないことを思いだして耳元に戻すが、しばらく声が出てこない。

「無断で話しちゃったのは悪かったけど、有亜からも早く伝えた方がいいと思うよ。今のままじゃ波河くんかわいそうじゃない」

「それは、それはね……そうだけど」

有亜は必死に体勢を立て直し、心の中でラグの突起を数えて少し冷静さを取り戻した。確かに香の言うことはもっともなのだが、穴があったら入りたい、今すぐ飛び込みたいと思うほど恥ずかしかった。

「わかった……波河くんにはちゃんと話して、もう会わないって伝えるから」

動揺をなんとか押し込めつつ、そう宣言した。

「でもさぁ、会えないなんて悲しくない？　有亜の気持ちはどうなの？　結局波河くんのことは好きなの？　嫌いなの？」

突然の問いに、言葉に詰まった。

「まだ出会って一ヶ月も経ってないもの、わからないよ」

「だって一目惚れしてくれる人なんて滅多にいないよ、後悔しないの？」

その言葉は有亜をひどくためらわせた。後悔しない？　本当に？　携帯を頬に当てたまま考える。

有亜は幼等部の頃から柊女子に通っていたので、男子生徒というものが皆久則のようなのかはよくわからない。けれど久則と一緒にいる時間は確かにほっとするもので、そのときにはいつも、日々の暮らしでふっと感じる疲れのようなものを感じなかったように思った。他にそんな人間がいるのだろうかと、そう思う。

「それは……その二択なら、好き、だと思うよ」

薄緑色のシーツをキュッと掴んだ。

「だけど、そのために誰かが死んじゃうなんて、耐えられないもの」

「ええー。もったいない」

「そういう問題じゃないよ」

香はなおも何か言いたそうだったが、結局ため息で終わりにした。

「また今度買い物にでもいこ。じゃあね」

有亜も小さく息をつき、携帯を脇に置いた。

そっか……。

久則は、知っていたのか。

有亜はベッドから降りると、ラグの上にふらふらとしゃがみ込んだ。彼にはどう思われたのだろう。呆れたか、常識的に考えて呆れただろう。

「……なにやってんだろう私」

頭を押さえて力なく立ち上がり、そのとたん携帯に着信があった。

ベッドを見下ろすと、表示されているのは笑顔の顔文字、母だ。ほっとして携帯を手に取った。

「有亜、もう帰ってる？」

「うん、さっき着いたとこ」

「お母さんは今日も遅くなりそうなの。ごめんね」

明るい声だが、疲れが隠しきれていない。今日も仕事がきついのだろう。

「気にしないでいいよ。ご飯はいつもどおり冷蔵庫に入れておくから。あとクリーニング屋さんからスーツとってきたよ」

「ありがと。やっぱり頼りになるわね。有亜がいてくれてよかった」

「光栄です」

有亜は笑って電話を切った。

部屋の中に静寂が戻る。それに伴い、心が落ち着くのがわかった。

うん、そうだ。自分は頼りになる人間なのだ。大丈夫、大丈夫。そう自分に言い聞かせる。

余裕ができたためだろうか、今日久則はなぜ会いに来たのだろうという疑問が頭に浮かんだ。普通ならこんなバカバカしい理由で無視をされれば、呆れて自分から縁を切ってもおかしくないというのに。

……本当に、いい人なんだな。

呆れたにせよ、心配してくれたにせよ、直接会いに来てくれたのだ。そのことを思うと自分の不実な行動がなおさら恥ずかしく思え、泣きたいような気持ちになった。

自分がどう思われるかなんて、身勝手なことを考えている場合ではない。説明をして別れるときに、きちんとお礼も言わなくては。

——後悔しないの？

香の言葉が頭に響いたが、有亜は打ち消すように頭を振った。

「だって、しょうがないじゃない」

深夜。

森の中だな、と久則は思った。苔《こけ》と木と、湿った土の臭いがする。

空には三日月。久則は地面に空いた大きな穴の縁に立って、シャベルで中に土を落とし続けている。穴の中心には盛り上がったものがあって、何かを埋めているのだとわかった。久則は頰を伝う汗を拭うこともなく、必死で〈それ〉に土をかけている。

木製のシャベルの柄は、したたる汗でずるずる滑る。ついには穴に取り落とし、彼は無言で穴の中に滑り降りた。

〈何か〉からできるだけ目を逸らしながらシャベルを拾う。柄にも先端にも、べったりと重たい泥がついている。

「ねぇ」

突然頭上から声がかかり、びくりとした。目を焼く眩《まぶ》しい懐中電灯の光。そこに誰がいるのか、顔は見えないが声でわかった。

「有亜……」

久則は汗びっしょりの頰を手で拭う。泥がべたりとついたのがわかる。有亜は穴の縁に立ったままぴくりとも動かずに——

「その人を完全に埋めちゃったら、次は私を埋める穴も掘ってくれる？」

はいはい、わかってます。夢でしょ？

目が覚めたら昼休みだった。得をしたのか損をしたのか。

「損だね」

「エスパーかお前は」

顔を上げると向かいの席で正臣がチョコロネを食していた。隣のクラスのはずなのにいつ来たのだろう。

「まぁいいや、聞いてくれよ、俺は今日こそしっかり有亜に謝ることを決意したぞ」

久則は背筋を伸ばすとそう宣言した。正臣は特に表情を変えることもなく、コロネを正確に一段ずつかじり続ける。冬は真ん中のクリームもなかなか垂れない。

「その考えには賛成だね。だけど彼女の方は話を聞いてくれるわけ？」

出鼻を挫《くじ》く発言にもめげず、久則は指を一本ビッと立てた。

「とにかくまずは電話するつもりなんだ。最初は出てくれないだろうけど、何度もエンドレスでかける！　それならしまいに気になって出るかもしれないだろ」

「着拒の可能性の方が高いでしょ」

「そのときは毎日校門前で待つ！」

二つ目のコロネを「チョコギリギリまでパンを薄くはがすようにかじる」という方法で食べながら、正臣は冷たい視線を向けてきた。

「ストーカーデビュー？　相手の迷惑も考えた方がいいと思うね。ああいう小柄な女の子って独占欲刺激するのか自分勝手な男に好かれやすいって説があるけど、なるほど納得だね」

「この場合は仕方ないだろ、その辺うまいこと気をつけるんだよ。とにかく俺は謝ると決めたんだ、力尽くでも腕尽くでも！」

「謝る人間の姿勢としてそれはどうかな」

「……お前人の決意に水差しに来たのかよ」

……まぁいちいち気にしていても仕方がない。

「とにかく有亜に事情をわかってもらえなきゃ始まらないからな。その上で嫌われるならそのときはそのとき、倒れるときは前のめりぜよと坂本龍馬《さかもとりようま》も言っている！　ってことで電話してくる！」

久則は勢いよく立ち上がると携帯電話をとりだしスチャっと構え……校舎内は使用禁止なのでそっと教室の外に出た。

外はよい天気で、玄関前では既に昼を済ませた生徒たちが冬の寒さにも負けず円陣バレーなどを開催していた。人に聞かれたくはないので、自然と足は人気のない方に向く。

「あれ？」

日陰がいいかなと辺りを見回しているとき、久則はふと、見覚えのある猫背の背中が今では使われていない旧校舎の裏に消えるのを見た。

「あいつ、何やってんだ？」

あちらには何もないはずだが……

人のことを気にしている場合ではないと思い直し、久則は結局体育館脇の銀杏《いちょう》の下に落ち着いた。が、ここにきて初めて柊女子も昼間は携帯使用禁止なのではないかということに思い至った。

まあいいか、せっかく外に来たのだし一回は練習ということでね、実際彼女が電話に出たら怖いから。そんなことを自分に言い聞かせながら携帯を取り出す。

プルルル。

「はい」

うわ―――!?

数回のコールで出たのは間違いなく有亜の声で、完全に出ないと思っていただけに久則は猛烈に焦った。心臓がばっくばくと音を立てて、思わず周囲を見回してしまう。

「あの、波河くん、だよね？」

なんだか久しぶりに彼女の声を聞いたわけで、電話を通すと三割増しくらい可愛く聞こえるのはなんでだろうというか、用意した台詞が完全に飛んだ頭で余計なことばかりを考えてしまい——

「あの、さ」

「うん……」

そこで、久則は有亜の声に元気がないことに気づいた。

「体調、悪い？」

「あ……うん。ちょっと熱が出て、学校休んだの」

「大丈夫か⁉」

思わず声を上げた。先程までとは別の意味で落ち着かなくなり、とっさに柊女子の方角を見てしまう。

「もう平気。波河くんは何か用かな」

「その……今日、会えないかなって思ったんだ。話があってさ。だけど具合が悪いなら明日とか、だめなら明後日でもその次でも、とにかく会いたいんだ。話したいこと、いや話さなきゃいけないことがあってさ」

「うん……いいよ」

「えええ⁉」

久則が思わず訊き返すと、彼女が少し笑う声が聞こえた。本当に小さく、気のせいかと思うほどだったが、笑い声を聞くのもまた久しぶりだなと意識が遠くに旅立ちかける。

「あのね、私も直接話したいことがあるの。もう熱も下がったし、今日会おう」

すっかり葉の落ちた銀杏の下、あんまりにもあっさり放課後会うことが決まり、久則はしばし当惑してしまった。


放課後。

約束の時間まではまだ少し間があったため、久則は青田のところに寄っていくことにした。

有亜には全ての経緯を話すつもりだったが、悪戯電話の内容は自分の記憶だけでは少々自信がない。もう一度確認しようと思っていた。

三人組の中で一番記憶力がありそうなのが青田だ。ノリが悪いのに付き合いはいいという変な男で、密かに成績もいい。彼なら覚えているだろう。

青田のクラスは二階一番端のC組。他の生徒は皆帰宅したようだったが、幸いなことに彼はまだ残っていた。後ろのドアのガラスから机に座ったその背中が見え、久則は心の中でよっしゃとガッツポーズする。

「青田！　あのさ、この前の予言覚えてないか？」

「はぁ？」

ドアをガラリと全開にして問うと、青田は驚いた顔で振り返った。と、そこで初めて久則は彼の他に教室に人がいたことに気がついた。C組担任の多木《たき》が、教卓の前で青田と同じように目を丸くしている。

「ありゃ生徒指導中か。すんません」

久則はぺこりと頭を下げた。彼も青田もいろいろとやらかしているので、指導を受けるのは珍しくはない。

「ちょうど終わったところだけど、ドアを開ける時には静かにね」

教師は苦笑し、出席簿の端でとんとんと肩を叩く。

「申し訳ない。青田どうしたんですか？　期末テストそんなにまずかったんですか」

「残念。今日はすごく重要な将来の話。青田くんはもうちょっと真剣に考えるように」

「……俺なりに真剣に考えてますよ」

珍しく唇を尖《とが》らせる青田に教師はもう一度困ったような笑顔を向け、久則にも来年は受験なんだから気を抜かないようにと告げると廊下に出て行った。

後には少し微妙な沈黙が残る。いつもふざけている友の真剣な場面に居合わせるというのはなんとも落ち着かないものだ。

「なんだよ黄河、いきなり」

「それがさ、ちょっと大事なことなんだよ」

幸い青田が沈黙を破ってくれたので、久則はすぐにペースを取り戻した。西日の当たる机の上にどんと腰を下ろし友人の顔を見る。

「あの日のイタ電の内容覚えてないか？」

「いや？　あんまし。ていうか何本かけたかも覚えてねぇよ」

「そこをなんとか。俺が最後にかけたやつだけでいいんだ」

青田は不思議そうな顔をしたが、久則の真剣な様子に、鼻の上の眼鏡をくいと持ち上げた。

「たしか未来からの電話ってやつだったっけか。ええと、階段からどうこうっていうのがあったよな」

彼が眉間《みけん》に皺を寄せて一つ一つ口にするのを、久則は指を折ってカウントした。予言は五つ、そして青い色への警告だ。やはり間違いないと胸を撫で下ろした。今更正臣に「ごめん予言違ってた」などとはちょっと言いにくい。

「けど今更どした？」

「いやぁ、やっぱり相手の人に申し訳なかったかなぁと」

久則が頭を掻くと青田は苦笑し、制服のネクタイを緩めた。

「おいおいどした。そりゃ腹立てる人間もいたかもしれないけど、今更謝りの電話いれたってより迷惑だろ」

「けどなんかな、やっぱ持ち主にも申し訳ない気がするし。お前あの携帯まだ持ってるか？」

「あのとき放りだしてそのまんまだから、まだ俺の部屋だと思うけど。あったら持ってこようか」

「ああ、頼む」

青田は頷くとのそのそと椅子に座り直し、久則はほっと肩から力を抜いた。

「悪いな。じゃあ俺、今日ちょっとこれから用事あるから」

「ああ、ほれ」

立ち上がろうとすると何かが差し出される。思わず受け取ったそれは、フリスクだった。

「よくわかんないけど、なんか問題抱えてんだろ。食うとアイディアがひらめくぞ」

にこっと笑って言われ、久則も「ＣＭに影響されすぎだろ」と笑った。

ずいぶん冷える日だった。空気は乾燥しきり、夕方からは風も強くなりはじめた。

自転車を倒れないよう押さえながら、久則は腕時計に視線を落とした。四時五分。約束の時間を少しまわっている。

落ち着いて話せる場所が良いと有亜が指定した喫茶店は久則の知らない店で、待ち合わせは坂の上の公園ですることになっていた。

「ごめん、遅くなって」

弾かれるように顔を上げると、公園の入口から小走りに駆けてくる彼女が見えた。

常緑樹の下、明るい色の髪が弾むように揺れている。膝丈のコートが少し寒そうだ。

有亜の足音は小さいんだなぁ、やっぱり足が小さいからかななどということを考えているうちに、彼女はすぐ近くまでやって来た。

「待った？」

息を切らせて顔を見上げる。寒い中走ってきたために頬が上気していて、瞳《ひとみ》が少し潤んでいる。思わず頭を撫でたいような可愛さがあって、久則は少し目を逸らした。

「いや、全然」

なんというか、デートっぽいですよね。

浮かびかけた甘い考えを慌てて打ち消した。いかんいかん。これからすることは懺悔なのだ。久則は背筋を伸ばし気を引き締めた。

「体調大丈夫か？」

「うん。ありがとう」

口調に嘘はみられない。この様子なら心配なさそうで久則はほっとする。と同時にこれから彼女に別のダメージを与えることになるのだと思って気が沈んだ。

昔、久則は軽い気持ちから姉の電話番号を他人に教えてしまったことがある。まったく深く考えずに行ったことだったが、本人にバレると同時にまさに地獄を見せられた。自分から番号を教えていない相手から電話がくるということは、女にとってよほど不快なことらしい。おまけにとんでもない与太予言を長期間信じ込まされていたとなれば……

「お店はこっち、いこ」

「いや、あのさ」

歩き出さない久則を、有亜は不思議そうに振り返った。

彼を見上げる大きな茶色がかった目。姉が怒ったときの見事な三白眼《さんぱくがん》がどうしてもそれに重なる。全ての事情を話したら、有亜はどんな目をするだろう。久則は迷い、クッと手に力を込めた。

「実はさ」

「お店に行ってから話そ、ね」

有亜は困ったように顔を覗き込んできたが、久則は首を振った。嫌な汗が先程から止まらず、早く楽になってしまいたかった。

「俺さ、有亜が最近電話に出なくなったわけ、知ってるんだ」

何か言いかけた彼女の唇の動きが止まる。

「『僕たちはいつか人を殺す』。そう言われたんだろ。〈未来の俺〉に」

有亜は目を見開き、久則は手を握りしめた。よし、よく言った自分。彼女は当然何故《なぜ》知っているのかと訊いてくるだろう。そうなれば後は全て話すのみだ。

しかし次の瞬間、彼女は静かに頷いた。

「うん、そうなの」

「え、あ」

「私の友達から聞いたんでしょ？」

しまった。出鼻をくじかれる。一気に白状する流れにいくつもりだったのに。

うろたえる久則を見上げて、有亜は少し悲しそうに笑った。

「波河くんはいい人だね」

「はい？」

「この間会ったとき、もう〈予言〉のことは知っていたんでしょ？　普通だったら呆れて相手にしたくないと思うものなのに、波河くんは会いに来てくれたんだね。私が勝手な理由で冷たくしたのに、今日もこうして来てくれた」

「あ、その、ね……」

風向きがおかしい。なんだろう、すごく嫌な感じがするんですが。

「正直ね、一目惚れしたなんて台詞信じてなかったんだ。調子いいヤツって思ってた。だけど」

……………い、言えねぇ―――――――――っ

久則は頭を抱えて転がりたくなる。

「だけど、ごめんね」

なんかすごい真剣な顔だし――――っ
「私たち、会わない方がいいと思うんだ。本当かどうかもわからない〈予言〉のためにバカみたいだって思うでしょ。でも駄目なの、自分でも自分の性格が嫌になるけど」

「いや、あの！　そうじゃないんだ！」

思わず声を上げる久則に、有亜はきょとんとした顔をする。それは前足を上げたリスにとても似ていて、可愛いのだけどそれどころではなく。

久則は言葉を続けようとしたが、すぐ横を小学生の集団が歓声を上げて通りすぎ、そのタイミングを逃してしまった。

「あ……」

そこで初めて周囲に人が多いことに思い至った。すぐ側では老夫婦が鳩《はと》に餌《えさ》をやっており、スケートボードを練習する一団もいる。

「やっぱり喫茶店に行こう。そこで、全部話すから」

久則はおそらく青ざめた顔をしていたのだろう、有亜は不思議そうだったが、何も言わずに頷いた。

年の瀬のどこか慌ただしい街を、二人は無言で歩いた。

風はかなり強くなっている。久則は片手で自転車のハンドルを持ち、片手でコートの襟を押さえて少し体を震わせた。

「けっこう閉まってる店が多いね」

有亜が辺りを見回して少し寂しそうに言った。

「まあ、不景気だから」

そう答えて、もう少し気の利いた返答をすればよかったと後悔が一つ増える。

商店街もメインストリートは賑《にぎ》わっているが、一本脇道に入るとシャッターが目についた。何年も前に潰れた店が代わりも見つからず廃墟《はいきょ》と化していたり、やっている店も品物が埃《ほこり》をかぶっていたり。それでもまだ町外れよりはましで、国道脇など、潰れたパチンコ屋や焼き肉屋が何軒も並んでいる。

歩を進めながらも久則は何度も説明と謝罪の言葉をシミュレートしていて、有亜は何か言いたそうな顔をしては、結局何も言わずに隣を歩いていた。

「こっち」

彼女が小さく言って、文房具屋の角を曲がろうとしたそのとき。全てを打ち破るような大声が辺りに響いた。

「火事だ！」

二人は弾かれたように振り返っていた。

視線が動く、屋根の向こうに煙。

近い⁉

久則が思わず有亜の方に顔を向けると、青ざめた彼女と目が合った。

「今……」

震える手が久則の袖を摑み、二人は示し合わせたように声のした方に走った。歩みを進める度に汗が噴き出し、嫌な感覚がふくれあがる。ただの火事なら、ただの火事ならいい。いや良くはないが、それでもただの火事ならば。

久則はレンガの歩道に不自然なほど大きく靴音が響くのを感じた。いやこれは心臓の音なのか、自分が口にした言葉が頭の中を回っていた。

――火事が起こる。緑に関係した火事が起こる。

路地を曲がったとたんに開ける視界、空に向かってもくもくと上がる煙が見えた。

野次馬が囲んでいるのがとうに閉店した空き店舗の一つだとわかり、久則はホッと息を吐き出した。あの店なら中に人はいないだろうと思ったその瞬間、ごうっと音を立てて煙の中から炎が吹きだした。

「誰か！　消防車呼んで！」

怒声が飛ぶ。真っ赤な火の粉が舞い、久則はとっさに有亜をかばった。

「有亜、危ないから」

「波河くん、あれ……」

震える指、細い指が指す先。

久則もそのことには気づいていた。考えたくはないことだった。

色あせた廃店舗の屋根の色、そして黒い煙の向こうに見える看板。元は肉屋だったのだろう、金メダルを下げた牛の絵のバックは、確かに緑色をしており――

「や、嫌ぁ！」

有亜が頭を抱えて悲鳴のような声をあげた。

「なんで⁉　だって、こんなの……」

「有亜、落ち着い」

久則が手を伸ばすと、有亜はビクリと体を震わせた。動けなくなる久則を血の気の引いた顔で見上げ、彼女は後ずさる。

「ごめんなさい、ごめん、だけど」

その視線の先で緑の看板が焼け落ち、ガラガラと音を立てて火の粉を散らした。

「これ、私たちのせい……」

「違う！」

久則は叫んでいた。

看板の外れた穴から出口を見つけた炎が吹き上がり、空を周囲を赤く染める。

「違うんだよ、だってあの電話、あの電話はでたらめなんだ！」

有亜は、何が起こったのかわからないという顔をしていた。

天に伸びる炎は三メートルはあるだろうか、強風にゴウゴウと音を立てて躍る。熱い。炎に面している体の方だけが痛い。走り回る人、鳴り響くサイレン。なんなんだこの非現実的な光景。燃えさかる炎の前で、久則は声を張り上げた。

「悪戯だったんだよ！　俺たち、適当な番号にかけて口からでまかせを言ったんだ。まさか電話の相手に偶然会うなんて思わなかった！」

「波河くん、なに……？　意味がわから……」

混乱する有亜の顔をオレンジの光が照らす。ようやく到着した消防車が放水の準備を始めている。

「嘘なんだ！　俺たちが人を殺すこととも、階段から人が落ちることとか、窃盗とか全部！」

「じゃあ、じゃあ、これ、何なの……」

有亜は頭をふるふると振った。いつの間にか彼女は泣きそうな目をしていて、怒ればいいのか笑えばいいのか、なんだかわからないという顔をしていた。

燃え崩れる店を指し示す。炎、炎、炎。

「波河くんが、やったの……？」

「そんなことするか！　だけどあの電話は本当にただの悪戯なんだ、こんなことになるなんて」

「わかんない、何言ってるのか全然わからないよ！　なんでそんなことしたの⁉　一目惚れなんて、私のことからかってたの⁉」

「そうじゃねぇよ、有亜に会ったのは本当にただの偶然で、好きになったのだって本当で」

ただ、この状況だけが幻のようで。

「知らない！　そんなの信じられない」

「本当だって、俺は本当に有亜に一目……」

「近づかないでよこの嘘つき――――!!」

燃えさかる炎の前で、久則は思いっきり殴られた。

第三章　あがき

熱い。痛い。そして――

ジュウウウウウ。

「死にたい……」

目を開けると眼前には黒く光る鉄板が見えた。テーブルに突っ伏した久則が呟いた言葉に、応えてくれる者はいない。

「黄ちゃん、そっち決壊するよー」

コテを手にした赤城がまるで気にしない様子で言う。青田は真剣な表情でメニューを見たまま顔を上げない。

「次豚玉でい？」

「……男は黙ってカレー玉だろ」

もんじゃ＆お好み焼き専門店。顔を上げた久則は向かいの席の二人を睨《にら》もうと、して。

途中で気力が尽きカックリと下を向いた。渇いた喉にウーロン茶を流し込もうとジョッキを持ち上げると、水滴が肩にぽたぽたと垂れる。

久則は「はあ」と息をついた。有亜にはあれ以来連絡が取れない。あの日彼女に思い切り平手をくらった頬は、三日経った今でも痛いような気がしてならなかった。

学校はわかっているのだから、最悪校門前で待つこともできるが……

「だーけーどなぁ」

テーブルの上に頭を載せてごろりと横を見た。踊り狂う鰹節《かつおぶし》。至近距離の鉄板が激しく熱い。

今すぐにだって会いたくて、けれど動けずにいるのは、あの日、炎の前で向けられたあの目が忘れられないからで。

それでもとにかく謝って許してもらうより他に方法はないのだが、混乱が久則を動けなくさせていた。

炎の中でガラガラと崩れ落ちる建物と空気の痛いほどの熱さは、どうしようもないパワーをもって頭の中をかき回していた。

なんでこんなことが起こっているのだろう。何度目かそう考える。

燃え尽きた店舗は元々廃屋で周囲の家とも離れており、怪我人はなかったが、だからといってよかったよかったと片付けられるものではない。

〈言霊〉。いつか笑い飛ばした正臣の言葉が頭に浮かんで、久則はピクリと体を震わせた。

バカバカしい。そう自分に言い聞かせる。口にした言葉が現実になるなんて迷信に決まっている。だが。

僕たちはいつか人を殺す――

背後でガシャンと大きな音が聞こえ、弾かれたように振り返った。

奥の席で誰かがジョッキを落としたらしい。店員が慌ただしくやってくる。床の上に散らばるガラスの欠片《かけら》が明かりの下でぎらりと光るのが見えた。

ぼんやりとそちらに目をやりながら、久則は人を死なせてしまうのは案外簡単なことなのかもしれないと考えた。たとえばいつもスピードを出すあの下り坂で、老人や子供がふいに横から出てきたら、それでもうおしまいなのだ。

「ねぇ黄ちゃん、『はちみつゆこサワー』って何？」

場違いなほど呑気な声に久則は顔を上げた。赤城がメニューを差し出してくる。

「それは『柚子《ゆず》サワー』だ。『ゆず』な。酒だから頼めないぞ」

久則はメニューを指さしながら、正面に並んだ赤城と青田に視線を向けた。たった今頭の中を巡っていた考えとは別の世界のような、のんびりとした光景がそこにある。

「何？　どしたの？」

「いや……なんていうかさ、その、お前ら服の趣味真逆だよなぁと思って」

一旦家に帰ったから三人とも私服を着ている。赤城はいかにも母親に選んでもらったという某カジュアルブランドで、青田はどこから見つけてきたのか紳士チックなベストにネクタイという出で立ちだった。しかもネクタイの柄はテディベアだ。

「青田はもうちょっとデザインってものを考えろよ」

「そうかね。世界中で愛されてるデザインなんだが」

注文のカレー玉を練りながら、青田はちらりと自分のネクタイに視線を落とす。

「あのな。クマのぬいぐるみなんて、高二の男がつける柄じゃないぞ」

「ええー。俺そのデザイン好きだけどなぁ」

「ま、黄河もそのうちテディを愛するようになるさ」

青田は小さく鼻で笑い、鉄板の上に生地を落とした。

……妙に悔しいのはなぜだろう。

ジュウジュウという音と上がる湯気が、また久則の意識を先日の火事に引き戻す。

「あのさぁ……人はなんで人殺すんだ」

口からぽろりと漏れた言葉に、赤城はコテを咥《くわ》えながら目を瞬かせた。

「そらまた哲学だねぇ」

「なんでもいいから、思いつくこと言ってみてくれよ」

「愛憎」

青田はコテの尻で軽く鉄板の脇を叩き、ぼそっと呟いた。

「あとは……お金？」

「妬《ねた》み嫉《そね》み恨み」

「親の仇《かたき》。あ、『誰でもよかった』とか」

「俺がそんな理由で人殺すかよ！」

久則は思わず声をあげてしまった。四つの目がいぶかしげに彼の顔に向けられる。

「何の話だよ」

「いや……うん」

久則は曖昧《あいまい》に謝りながら、皿の上のお好み焼きを箸《はし》でつついた。

ジョッキを持ち上げて、氷が溶けて薄まったウーロン茶を口に含む。喉を液体が通っていく感覚はあるが味がよくわからない。有亜はずっとこんな気持ちだったのだろうか。そう考えて久則はギッと唇を噛《か》んだ。

人を殺すのか？　彼女が自分と一緒に？

　そんなわけ、ないだろ。

　ガタンと音を立てて、久則は椅子から立ち上がっていた。自分の頰をパシンと叩く。

何をぐちゃぐちゃ考えているんだ。まだ誰も殺したわけじゃない。今大事なのは何か
と考えれば、答えはすぐに出るというのに。

　有亜を守らなければならない。それでもってできれば会いたい。この問題が解決で
きなければそれができないというのなら、するべきことも簡単だった。

「会いに行こう！」

「ほへ？」

　視線を落とすと赤城が珍獣でも見るような目で見上げており、青田はいつの間にか
携帯をいじっていた。

「誰に？」

「いや……独り言」

「でっかいねぇ」

　そうだ、会いに行こう。久則は席に座り直しながら心の中でもう一度決意を繰り返

した。有亜にではない。あの日塾の階段から落ちた黄色いコートの女子生徒に会いに行くのだ。

落ちたときの状況をもう一度彼女に確認しよう。そうすれば、〈今何が起こっているのか〉を少しでも知ることができるかもしれない。

「そうと決まれば腹が減った！　青田、注文いいか⁉」

「あいよ」

手を伸ばしボタンを押そうとした青田は、途中でその動きを止めた。

「ワリ、電話だわ。自分で注文して」

携帯電話を持ち上げて見せ、彼はするりと店外に出て行く。久則はメニューを手にしたまま一瞬ぽかんとしてしまった。

「なんだあいつ。別にここで話してもいいのに」

猫背の背中を見送りつつ話を振ると、椅子に座ったままの赤城はニヤニヤと笑った。

「聞かれたくない話なんじゃないのー？　青やん最近彼女できたとか言ってたから」

「マジで⁉」

久則は思わず声を上げていた。そんな話は全然聞いていない。

「でもねぇ。どこの誰とも教えてくれないのよ。なんでだろ」

そりゃ失恋したばかりのお前に気を遣ってるんだろうとはちょっと言いにくかった。

赤城は先々月告白した相手にそれはもう強烈にこっぴどく振られたらしく、一時期あまりの落ち込みぶりに久則も本気で心配したものだ。

「知らなかった？　噂によるとずっと片思いだった相手と最近いい感じらしいよ」

赤城はケロリとした顔で言葉を続ける。そのあっさりぶりに久則が面食らっていると、彼はもんじゃの小コテを口に咥えて意地の悪い表情を浮かべた。

「でもねぇ。赤城さんはフカシじゃないかと思うわけよ。だって誰も青やんの彼女見たことないんだよ、俺に気を遣ってくれてたって普通他の友達には知れそうなもんじゃん」

「あ……やっぱ自分が落ち込んでた自覚はあるのか」

「当たり前だよぉ。だからさ、言ってみただけなんじゃないかと予想してるんだ。ほら、あの人けっこう変なとこにこだわるじゃない？　とにかくさ、俺だって一応彼女ができる寸前までいったわけだし、黄ちゃんがそれに続いただろ、自分も合わせなきゃって変な見栄張ってるんじゃないかな」

赤城のあの状態を「彼女ができる寸前」と言うのかということはさておき、その後の言葉に久則はウーロン茶を吹き出した。

「お前、有亜のこと知ってたのか⁉」

「隠してたの⁉　あれで⁉」

「……うん。まぁ。

「黄ちゃん……俺心配になっちゃうよ？」

「そんなにバレバレかそんなにか」

「うん。聞くところによると黄ちゃんは先月古文の授業中に遠い目を窓に向けながら『天使って、いるんだなぁ』と呟いたとか」

　まったく自覚がなかった行動の指摘に、久則は思いきり胸をえぐられ固まった。

「ストーカー並に柊女子の周りをうろうろして、保護者会の開催が真剣に検討されたとか」

「マジで⁉」

「かなりの不審人物として話題だったらしいよ」

　赤城はもんじゃ液で鉄板に絵を描きつつ楽しそうに笑う。

「あー。黄ちゃんが珍しくモニョモニョしてたから恥ずかしがってるんだと思ってたよ。俺に気ぃ遣ってたんだ」

「……そのつもりではありました」

「ありがとねー。俺も最初は凹《へこ》んだんだけどさ、なんか黄ちゃんの浮かれっぷりとその後の見事な玉砕を見てたら冷静になってさ」

「玉砕……？」

「振られたんでしょ？」

見えない何かがずしゃんと頭上から打ち下ろされ、久則はテーブルに突っ伏した。

違う、と言いたいし思いたい。しかし久則はどちらもできず、ただピクピクと痙攣《けいれん》するばかり。

「どしたの？」

「お前にとどめ刺されてんだよ!!」

「……お前ら何騒いでんだ」

指摘に顔を上げると、いつの間にか戻ってきた青田が通路に立っていた。

「いや、まぁなんと言いますか」

「じゃじゃーん。これから火山が噴火しまーす。ボルケーノー」

呑気な声に二人同時に振り返ると、いつの間にそんなことをしていたのか、赤城は三人前のもんじゃキャベツを鉄板の上にうずたかく積み上げ、その上から勢いよくもんじゃ液を投下しようとしていた。

「いやいやいや。飛び散るから飛び散るから」

「ちぇ。あ、そうだ次はこれ頼もうよ。納豆からしめんたいきざみネギバナナチョコ生クリームもんじゃ」

「お、いいないいな」

「未知のものに挑戦する気持ちはいつだって大事だ」

久則も青田もノリノリで店員を呼び、一気に三人前を注文した。

で……食べてすぐに後悔しました。

「なんで俺たち、こう明らかにハズレな行動とっちゃうんだろうね」

いつものことです。


名前は神田佐緒里《さおり》。柊女子の一年生。通学には電車を使用する。

あの日階段から落ちた少女について、久則の持っている情報はそれだけだった。

連絡先がわからず、登下校時に探そうかと思ったが、赤城の話を聞いた後では校門前をうろうろするのは気が引ける。久則は考えた末、駅で待ってみることにした。

次の日の放課後、さっそく久則は缶コーヒーとフリスクを手に西口改札前の柱の横に陣取った。今日が彼女が塾に行く日でなければいいのだが。

師走《しわす》だけに駅構内は混んでいた。心なしか皆慌ただしい様子で、柱ギリギリに立たないと容赦なく肩をぶつけられそうになる。

寒い。特に鼻先が寒い。久則はタイル張りの柱に張り付き、人混みを目で追いながら考えた。

次の予言は〈赤〉。赤い場所。それはどんな場所だろう。真っ先に想像してしまうのは鮮血で、自分の考えに頬が引きつる。

「はは、ないない」

その場合、場所が赤くなるのは人が刺された後なわけだし。ってけっこう冷静だな俺と思いつつ久則は少々気持ちが悪くなって天井を見た。ぼこぼこした駅の天井はわりと汚い。あれアスベストじゃないですよね。

柊女子の制服が通るたび、久則は視線を走らせた。背の低い生徒を見て、有亜もこの駅を使用することに思い至り心臓が跳ねる。会ってしまったらどうしよう。もちろん会いたくはあるのだが、今はまだ現状を打開する方法が思いつかない。

このまま有亜に会わずにいれば防ぐことが出来るのだろうか。そんなことを考えてしまい、寒さも合わさって久則はぶるると頭を振った。却下却下。

フリスクを口に入れてふっと思った。

そういえば、〈赤い場所〉そのものがなくなったらどうなるんだ？

とたんに心臓がどんと音を立てた。これ、名案なんじゃなかろうか。

赤い場所で人が刺される、赤い場所がなくなれば、人は刺されようがない。赤いと呼べる場所など元々少ないだろうし、それを全部別の色に変えてしまうことができるなら——

なんとなく浮かんだ考えだったが、考えてみれば素晴らしい思いつきに感じられた。

久則は人混みの中で小さくガッツポーズをしてしまう。

そうだ、赤いものを全部どけてしまおう。そうしたら予言も成立しようがない。防いでやるさ。

これまでの宙ぶらりん状態から解放され、胃がふっと軽くなる。みるみる気が大きくなり、久則は別人のように堂々と顔を上げた。

とたんに人混みの向こうに、見覚えのある黄色いコートを見つける。

神田佐緒里。

俺は運がいい。久則は鼻を擦って少し笑った。

嫌な臭いがする。ひどく息苦しい。なんだろう。何の臭いだろう。

ベタベタする手をだらりと下げて、有亜は立ったまま考えた。

血の臭いはしかたがない、だけどこの臭いはなんだろう。今にも肺が塞がれそうだ。

こんなはずではなかったのに。

手に持ったナイフがひどく重く、足が疲れて棒のようで、すぐにも座り込みたい。

なんでこんなことになったのだろう。

……私がいけないんだ。

起こしてしまったのだ。あんなことを言ったから。自分のせいだ。有亜は暗闇《くらやみ》にがっくりとうなだれて、力なく足元を見た。

それにしてもなんて苦しいんだろう。

ああそうか、と思う。人の体にはいろんなものが詰まっているんだから、胴体を切ってしまえばそういったものが全部出てしまうのだ。あれもこれも、混じりあってなんて嫌な臭い。息を吸うことが段々できなくなり――

「どうして……」

自分の寝言で目が覚めて、有亜はげんなりした。

なんて嫌な夢。

体を起こすと見慣れたリビングが見える。蛍光灯がやけに眩しい。有亜は小さくため息をつくと、もう一度ソファーに突っ伏した。

「……もぅ」

白いクッションに顔を埋めたまま小さく呟いた。

「嘘だったって……なにさ」

片足を上げて、パタンと落とす。また上げて、また落とす。だんだんとそのスピードが速くなり、パタパタと足を動かしながらクッションに顔を押しつけた。

「もうもうもうもう」

有亜はうつぶせになったまましばらくそうしていたが、やがてころりと転がって天井を見た。

「何やってるんだろ」

最近ではその言葉はすっかり口癖になっていた。白い天井を見ていると目尻に少し涙が浮かぶ。

もう一度小さく息を吐くと、えいやと弾みをつけて体を起こした。

目の前のテーブルの上には作りかけの舞台衣装が積まれている。有亜は縫い針を手に取り、猛然とドレスの裾にレースを縫い付け始めた。主役には可憐《かれん》なラッセルレース、準主役には少し抑えたトーションレース。衣装がみるみるうちにベルサイユ調になっていく。

あっという間にレースを縫い付け、スパンコールを飾る作業に移った。手を動かしている間に段々と気持ちも落ち着き、それに従ってじわじわと怒りが湧《わ》いてくる。

「嘘つきはやっぱり嫌い。ひどいよ」

糸を咥えてぷつりと切った。全てでたらめだったなんてひどすぎる。有亜は金のスパンコールに視線を落とし、静かに針ですくい上げようとしたが、そこでその手はぴたりと止まった。

じゃあ、なんで火事は起こったの——？

唇を噛んだ。あれはなんだったのだろう。予言のとおり、緑の建物が燃えた火事。あれが偶然でないのなら誰が火をつけたのだろう。久則が？　まさか。流石にそんなことをする人間ではないと思いたい。再び考えに沈み込みかけたとき、玄関の方でガチャリと鍵《かぎ》の回る音がした。

「ただいまー」

母だ。有亜は笑顔を作り、針を置いて立ち上がる。

「おかえり！　今日はミネストローネだよ、あったかいよ〜」

「あら嬉《うれ》し」

母の笑顔を確認してから、テーブルを片付けキッチンに向かう。有亜はキャセロールの蓋《ふた》を開けて赤いスープを確認し、さっきの夢はこれも影響したのかもしれないと苦笑してコンロに火を点けた。

ボッとつく青い炎とトマトの匂《にお》い。ごろごろと野菜の浮いたスープをかき混ぜて、立ち上る湯気にほうと息をつく。

あの子に会ってこようかな。ふいにそう思った。

階段から落ちた黄色いコートの一年生。彼女が久則とグルだったとしたら、ある程度の説明はつくわけだ。話を聞いてみるのはどうだろう。

盆に載せた夕食を持ってリビングに向かうと、母親は疲れた様子でTVを見ていた。有亜は盆をテーブルに置き、母が脱いだジャケットをハンガーに掛ける。

「……かたじけない」

母は申し訳なさそうに礼を言ったが、それ以上は口を利くのもおっくうなようで、ソファーに深く体を沈める。有亜は自分のカップを手に脇の椅子に腰を下ろし、黙って一緒にTVに顔を向けた。

「今年のクリスマスは何ケーキにしようか？」

ちょうど画面がケーキ会社のCMに切り替わったので、ミネストローネをすする母にそう尋ねてみる。ここ数年イベントにケーキを焼くのは有亜の役目だ。

「今年はちょっと本格的なのにしてみようか。シュトーレンはもっと前から準備しないといけないんだっけ」

「嬉しいけど、お友達と何か予定があったりしないの？」

「ん……まぁ」

有亜は言葉を濁すと、デザートを取ってこようと立ち上がる。

「たまにはお母さんと二人で過ごすのもいいじゃない」

有亜は手をひらひらさせて、冷蔵庫へ向かった。


「赤い場所を潰《つぶ》して回る、ねぇ」

豆乳の紙パックをくしゃっと潰して、正臣は呟いた。

そのままアンダースローで道ばたのゴミ箱に放り込む。一度縁に当たって跳ね返ると思いきや見事に中に落ち、久則は「おお」と声を上げたが、当人は特に嬉しそうでもなく肩をすくめた。

十二月十日。木曜日。

学校帰り。アーケードの商店街を二人は自転車を押して歩いていた。

「この街は何だってこう坂が多いんだろうな」

「太平洋プレートっていうのがあってね、北アメリカプレートの下に沈み込んでるんだけど……」

「俺、お前のそういうとこすっごい嫌いだわ」

「そういうこと言う人間って、自分が相手にもっと嫌われてるとは夢にも思わないのが不思議だよね」

正臣は面倒くさそうにあくびをすると、屋根の向こうに広がる冬の空に目をやった。

「ま、それはそうと。久則にしては悪くない考えかもね。赤の〈予言〉は緑と違って限定されてるから」

「んん？」

「これが『窃盗事件』とか『緑に関係する火事』だったら候補が一杯ありすぎて難しいだろ。ノストラダムスが騒がれたのと同じだよ」

なるほど。久則がどこか落ち着けるところでもうちょっと相談したいと言うと、正臣は喜んでと涼しげに答えた。

アーケードの終わり、花屋の向こうに神社の狛犬《こまいぬ》と石碑が見えたとき、久則の視線はそこで止まった。

「あ……」

少し気まずい気持ちになる。

「どしたの？」

「いや、そこの神社んとこでさ、あの携帯拾ったんだ」

「ここで？　そりゃまた……」

その言い方に何か含むものを感じて、久則は理由を尋ねた。正臣は少し肩をすくめる。

「いや、よりによって狼《おおかみ》神社でかと思ってさ」

「狼神社？」

石段の横を指さしてみる。

「いやそれは狛犬だから」

久則は牙をむく像の顔を見た。今まで〈商店街の神社〉としか呼んだことがなかったが、そんな正式名称だったのか。

「ここ、狼神社って名前なのか？」

「相変わらず無知だね。てかここに書いてあるんだけど。注意力って知ってる？」

正臣は足を止め、狛犬と反対側にある石碑を指さした。その形から地元では通称

〈モノリス〉と呼ばれる巨大な黒い石碑で、その前は自転車置き場になっている。言われてみれば石碑には確かに何か彫られているのだが、長年風雨にさらされたために文字はすっかり不明瞭《ふめいりょう》だ。

「ま、すぐには読めないか」

石碑自体、鳥の糞《ふん》などですっかり白っぽくなってしまっている。

「上に行けばわりと新しい看板が出てると思うんだけど、ちょっとした謂《いわ》れがあってさ」

正臣はそう言うと石段を見上げた。二十段ほどの階段の上に、くすんだ色の鳥居が見える。

「昔ね、ここには寺子屋があったらしいんだよ。今でいう小学校みたいなものだね。でね、いろんな子供が通っていたんだけど、一人嘘つきがいた」

「嘘つきが」

「うん。どの時代にもいるよね誰かさんみたいなのが」

正臣はそこで言葉を切り、あからさまにやれやれというポーズをとった。

この男絶対友達いない。久則はそう思ったが話の腰を折るのはやめておいた。俺の方が大人だよなとちょっと思う。

「元々悪戯好きだったのか、それとも周りに相手にされない寂しがりやだったのかな、よく裏の森に行っては大騒ぎしながらみんなを呼んだらしい。『化け物を見た。ぴかぴか光る四角い目とギザギザの耳の、やせ細って大きな恐ろしいものに襲われた』ってさ」

久則も鳥居を見上げる。その向こうに見えるのは遠い冬の空で、動く物は何もない。

「最初は周りも大騒ぎになったけど、何度も繰り返せば嘘だってわかるだろ、そのうち誰も相手にしなくなって、それでもその子は同じことを繰り返してた。そしてある日の夜中、また同じようにその子供が騒ぐ声がしたんだ。もちろん誰も気にしない。ほったらかしさ」

「そんで？」

「翌朝死体が見つかった」

正臣は肩をすくめて息をついた。

「何かにむさぼり食われたその子の死体がね。そしてその日から森では本当に光る目の化け物が目撃されるようになって、それは旅の行者《ぎょうじゃ》が退治するまで続いて、そんなこんなで寺子屋跡は化け物を封じるために神社になりましたと」

「なんか最後えらい投げやりだな」

「気になるなら階段上って読むといいと思うよ。イソップ寓話《ぐうわ》のオオカミ少年に似てるだろ、だから通称狼神社。以来、ここの境内《けいだい》では絶対に嘘をついちゃいけないってことになってる」

「〈言霊〉ってやつがあったってことか」

「そうだね。特に悪い嘘は本当になりやすいんだよ。鬼を見たと嘘をつけば鬼が来る。案外ここの化け物が久則の嘘に惹《ひ》かれて出てきたのかもね。ギザギザ耳に四角い目のヤツが、久則に不幸を呼んでるんだ。化け物というより神様かな？　普通この手の話はお寺になるのに、なにしろここは神社だからね」

　そんなことを宣言されるのはいい気分ではない。久則は文句を言おうとしたが、夕日に照らされた正臣の顔はなぜか別人のように見え、代わりになんとなく話題を逸《そ》らした。

「でさ、階段から落ちた子の話なんだけどさ」

「ああ、どうだった？」

　振り返ると正臣はやはりいつも通りの正臣で、久則は少し恥ずかしくなった。

「ぶっちゃけ、何にもわからなかったんだ」

　二日前、久則は駅で神田佐緒里を見つけた。

彼女は最初久則が誰か思いだせず警戒するような様子だったが、あの日居合わせたのだと説明するとやっとわかってくれたようで、一応恩人的なポジションであるためかすんなり話をしてくれたのだが、その内容は一行でまとまるものだった。

「『あのときは階段を上がっていたらうっかり足を滑らせた』」

そして付け足しも一行で終わる。

「『たぶん段差に足をとられたんだと思う』」

以上。できるだけ思い出してみてくれと言うと若干引き気味の表情で「何をですか?」と返された。そう言われれば答えようがない。久則にも自分が何を探しているのかわからないのだ。

とにかくなんでもいい、何か変わったことはなかったかと彼女を問い詰めたが、最後には何もありませんと怒るように言って改札の向こうに消えてしまった。

「それは……なんにもならないね」

「なんにもならないのよ」

久則が肩を落とすと、正臣も少し期待していたのだろう、がっかりしたように息をついた。

「しかしあの子に連絡取りたいなら言えばよかったのに。僕、階段落ちの日に連絡先聞いたよ」

いつの間に。久則が目をぱちくりさせていると正臣は当たり前のような顔をした。

「だって頭打ってたりしたら後々心配だろ？」

「……まぁ、うん。でも結局なんにもならなかったからな」

そのまま、二人は無言で自転車を引いた。冬の街、仕事帰りのサラリーマンの姿もぽつぽつ見える。

「誰が、誰に刺されるんだろうね」

ふいに正臣が言った。

「赤い場所の話だけどさ、予言は三条さんの周りで実現するわけだけど、階段から落ちた神田さんは別に彼女の友達じゃなかったんだよね」

「ああ。学年も違うし、今まで会ったこともないってさ」

「火事のあった建物も」

「無関係だろ。廃屋だぜ？」

「ってことは、刺される人を特定するのは難しそうだね」

久則は頷いた。正臣は足を止め、顎に手を当てた。

「なんで刺されるのかな。はっきり『刺される』って言ってるってことは事故じゃないよね。故意か、なら刺す方の人間は誰なのか。故意なら理由があるはずだよね。まさか太陽のせいじゃないだろう」

「ひょっとして……そのときになったら操り人形みたいに勝手に体が動いちまうとか」

久則が自分で自分の言葉にぞっとしていると、

「それは防ぎようがないねぇ。僕や久則が人を刺すことになるかもしれないわけだ」

あっさりとより怖いことを言われる。

「冗談キツイぜ」

久則は笑い飛ばそうとしたが、いつか人を殺すとの予言が、その台詞の邪魔をした。

「赤い場所は……なかなかないよねぇ」

駅前までできた二人は、この前と同じくドトールに腰を落ち着けた。

「それなんだよな」

久則はホットドックを両手で持って周囲に視線を向けた。店の壁はベージュで、窓の外にも赤い建物はない。沖高の近所に黄色い壁の家があったと思うが、赤は思い浮かばなかった。

「そうだ、消防署！」

「赤いのは消防車。もっと考えて発言してくれる？」

ぬぅ。久則はテーブルに肘をつき顎を載せた。他に何かないかと辺りを見る。商店街はもうクリスマスの飾り付けをしており、アーケードから提げられた巨大なツリーやソリ、転がり落ちそうになっているサンタなどがキラキラと光っていた。

クリスマスか……

何か有亜に買うってのはありかなと久則は考えた。こう、重くならない感じのもので、お詫《わ》びもかねたりして。喜んでくれたら嬉しいなぁ――

「久則、なんか別のこと考えてない？」

さっくりと指摘されギクリとした。この従兄弟は本当にエスパーなのではないかと思う。久則はできるだけ自然に表情を戻した。

「んなことないって。けどさ、なんか最近、街がピリピリしてないか」

「放火があったんだから当然だろ。まだ犯人捕まってないし」

「そっか。そうだよな……。あ、あそこはどうかな」

視線を泳がせた久則ははっと思いついて窓の外を指さした。パチンコ屋の向こうに建設中のビルが見える。剝き出しの鉄骨が冬の空に寒そうだ。

「鉄骨ねぇ。あれはどちらかといえば茶色でしょ」

「じゃ、あのコンビニ。パンが美味しいとこ」

「あの看板は赤と黄色が半々だからね、赤い場所とは言い切れないよ」

難しい。サクサクと切って捨てられてしまう。正臣にお前は何か浮かばないのかと言うと、彼も眉間に皺を寄せた。

「赤……赤ねぇ。巣鴨《すがも》とか、モスクワとか」

「なんでモスクワが赤なんだよ」

「ま、それらは論外として」

「そうだ、夕日に染まっている場所！　周り中真っ赤になるだろ！」

久則はガバッと顔を上げた。弾みで紅茶のカップが倒れそうになり、絶妙な反射神経で支える。

「この時期は夕日もあまり赤くないからね」

「ぐ……。ならいっそ赤井さんの家」

「〈言霊〉で考えれば同じ音って重要だけど、今のところストレートにその色が関わってるだろ」

久則は唸った。予想以上に難しい。

「もしかしてさ、元々そんな場所はないとか」

「本当にそう思うなら二度と予言は当たらなくて万々歳。家に帰って布団被って寝てればいいんじゃない？」

「……悪かったよ。そううまくはいかないよな」

久則は頭をわしゃわしゃとかき回した。試験でもこれほど考えたことはないというほど頭を絞るが何も出てこない。オカラの気分である。

「んー。赤、赤」

久則は壁のメニューに視線を向けた。サンドウィッチ、ホットドック、サルサソース。トマト、連想して苺、唐辛子、エビチリ……

「じゃ、あそこはどうかな、商店街の『金蓮』」

「中華料理屋か！」

二人は顔を見合わせた。『金蓮』はアーケードから一本外れた所にある本格中華の店である。あそこなら壁も赤、看板も赤、絨毯《じゅうたん》も赤だ。

久則は思わず立ち上がりハイタッチのために手を振り上げたが、正臣は微動だにせず。

……まぁいいやと久則も席に着いた。

「あそこならいろんな意味で赤い場所と言えそうだよね」

「だよな！　商店街なら柊女子から駅までの間だし、充分有亜の行動圏内、もうここで決まりだと思うな！」

「おい短絡思考。どうやってあそこを〈赤い場所〉じゃなくさせるつもり？」

テンションの上がっていた久則はその言葉に返答に詰まった。

「看板を……外してもらうってのは」

「無理だろうね。商売なんだから。いくらあそこが『アヒルの代わりに閑古鳥で北京《ペキン》ダックを作ってる金蓮』と呼ばれていたとしてもさ」

「さらっと失礼なこと言うなよ。看板を外すのが無理でも色を変えちゃえばいいんだろ、ペンキぶっかけるとかさ」

「犯罪だね。捕まるなら一人で頼むよ」

久則はぐっと言葉に詰まり唇を尖らせたが、従兄弟は涼しい顔だ。

「そんじゃ見張るのはどうだ！　誰かが刺されないように」

「一日中？　いつまで？　店内で？」

「さっきから否定ばっかりだな。お前は何か良い案あるのかよ」

「いや、さっぱり」

恨めしそうに睨むと正臣は肩をすくめた。

「よりよい案を出せなければ人の案に――それがどんなに間違ったものであろうとも――反対すべきではないというのなら、僕は口をつぐむよ」

「そこまで言ってないだろ。直接見張るのが無理なら監視カメラを置くとか。駄目だな。カメラじゃ防げない」

久則は肘をついて顎を載せた。店の人間に事情を話しても笑われるだけだろう。悪戯と思われるかもしれない。前科はたっぷりもっているのだ。

「僕だって考えてないわけじゃないんだけどね。商店街なら、他にも赤と呼べる店もあるとかさ」

「嫌なこと考えるなよ」

「可能性は全部潰さなきゃしょうがないだろ。例えば花屋。今の時期はポインセチアで溢《あふ》れてるから」

「ああ……クリスマスか」

久則は舌打ちした。よりによってこんなときに。さっきちょっと浮かれたのが嘘のようにそのイベントが恨めしくなる。いや、この問題さえ解決すれば素敵なイベントになるかもしれないのだ、前向きに頑張ろうと思い直した。

「花屋の場合は店そのものが赤いわけじゃないし、しばらく営業を止めてもらうのは」

「絶対無理だね」

「説得して赤い花を置くのをやめてもらうなんてのは」

「この時期に？」

「……今年は白い花が流行ってるとかなんとか言ってさ」

気まずい沈黙が流れた。正臣はのんびりともとれる様子で紅茶を追加注文する。

「正攻法だ！　買い占めるのはどうだ！」

「そんな金どこにあるのさという問題はさておき、売れたらまた仕入れるだけだろ」

ぬぬう。久則は腕を組んで唸った。と、その頭にひらめくものがあった。

「そうだ！　なぁ正臣、赤をなくすことができないなら」

勇んで語り始めようとしたまさにそのとき、鞄の中で携帯が振動した。

誰だよ、こんなときに。久則は不満げに電話を取り出して、その画面を見たとたんに体中の筋がビシッと伸びた。

表示されている名前は、有亜。二度見しても有亜。

「ええええっ　なんで!?」

「いや僕は知らないから」

久則はおそるおそる電話を取った。なんだか出たとたんに赤城か誰かの声で「うそ～ん」とか言われそうで、いやそんな高度な悪戯はできんだろうけど。

「波河……くん？」

「はいはいそうです俺です！」

聞き間違えるはずのない声だった。不自然に丁寧な受け答えをしてしまうと有亜は少し笑って、それがまた久則を有頂天にさせる。

「あのね、相談したいことがあるの。会って話してもいいかな」

「もちろん！　今すぐにでも！」

「じゃあ、窓の方向いてくれる？」

第四章　赤い刺し傷

少し話の遡《さかのぼ》る十二月九日。有亜は困難にぶつかっていた。階段から落ちた一年生に話を聞く。そう決心したのはよいのだが、有亜は彼女の名前も連絡先も知らなかったのだ。

幸い今日は水曜日、有亜も塾がある。あの一年生もあの日あの場所にいたのだから同じ塾生なのだろう。放課後少し早めに建物に入ると、フロントで尋ねてみることにした。

「ああ、あの子」

しかし予想に反して、フロントの女性は首をかしげた。振り返り、奥にいる別の職員に声をかける。

「鈴木さん、この前非常階段から落ちた女の子の名前、わかります？」

「ううん、覚えてないなぁ。うちの塾生じゃないんじゃない？　見覚えなかったもの」

「塾生じゃ……ないんですか？」

有亜は目を瞬いた。あの日彼女が座らせられていたソファーを振り返る。青いソファーには今は誰の姿もなかった。

「そうねぇ。あの制服柊女子の一年生でしょ、入ろうかどうか検討してたんじゃないかな」

そうなのか。有亜は壁の時計を見上げ、今から学校に戻って捜すかどうかを迷ったが、諦《あきら》めて自分の教室に向かった。二階の一番端の教室に入り、後方のいつもの席にちょこんと座る。

……うまくいかないなぁ。

髪を束ねると、参考書を広げながらほうっと息をついた。

なんとなく斜め後ろが気になった。視線を向けると壁には両開きの扉がついており、その向こうが例の非常階段になっている。はめ込まれたガラスの向こうに見えるのはコンクリの壁と隣のビルで、他には何も見えなかった。

上の空のまま講義が終わり、有亜は塾の外に出た。天気は良い。ここ数日では珍しいほど暖かい日だった。

まっすぐ帰ろうかと思ったが、なんとなく足は学校に、そして演劇部の部室に向いた。

「あれ？　有亜、帰ったんじゃなかったの？」

渡り廊下を歩いている途中で、スティックを抱えたラクロス部の友人に声をかけられた。有亜は少しほっとして笑顔を返す。

「うん、なんかちょっと帰りづらくって」

「三条参上、なんて」

「……帰る」

くるりと向きを変えると彼女は「まてまてまて」と追ってきた。

「ごめん、ごめんて。怒らないでよ、ダジャレサークルはフェリスにもあるというのにぃ」

「別に怒ってはいません」

「ちょうどよかった。なんかね、さっきあんたのこと訊かれたのよ」

首をかしげる有亜に、彼女は歯を見せて笑った。日に焼けた顔は柊女子生だと名乗っても信じてもらえないほど野性味に溢れているが、性格は明るくて穏やかだ。

「一年生なんだけどさ、放課後すぐうちのクラスに来て、三条有亜はいないかって。

あんた今日速攻で帰っちゃったじゃない、そう言ったら『どんな人ですか？』とかいろいろ訊かれた」

「そうなの？　どんな子だった？」

「うーん、名前までは聞かなかったんだけど、髪が短くて、派手な色のコートを着てて」

有亜は目を瞬かせて友人の顔を見返した。

「それって、もしかして黄色？」

尋ねると「やっぱり知り合いか」と頷かれた。

「知り合いというか……」

軽く混乱してしまう。黄色のコートといえばあの一年生しか思い浮かばないが、あのとき有亜は彼女が介抱されるのを遠巻きに見ていただけだった。彼女にとってはたくさんいた野次馬の一人という認識だったはずで、まして名前を知っているはずがない。

有亜の困惑を知ってか知らずか、友人は抱えたスティックに顎をのせてニマニマと笑ってきた。

「『三条先輩って彼氏いるんですか？』とも訊かれたよ。さてはレズっ子に惚れられたんじゃない？」

「もぅ。冗談ばっかり」

有亜は苦笑した。下級生にそういう意味で人気があるのはむしろこの友人の方だ。自覚があるのかないのか、友人は宝塚でも通用しそうな長身をぶるりと震わせ「しかし今日は寒いねぇ」などと呑気に言う。

「半袖着て何言ってるの。運動の後は着替えないと風邪ひくよ」

「ははは、確かに。ところで彼氏っていえば前によく来てた沖高生はどしたん？ほら、なんか袖まくった学ランと鼻バンソーコーが似合いそうな全体的に昭和臭のする」

「もぅ。そんな言い方して。……誰のことかはわかるけど」

「その彼のことは話さなかったけど。そういえば最近姿見ないね。別れたの？」

「波河くんはそういうんじゃありません。でも不思議、私は確かに今日その一年生を探してたんだけど、あの子が私を探すはずがないの」

「なにそれ」

きょとんとされて有亜も困ってしまう。首をかしげて見せるしかなかった。

「変なの。あんた最近行動おかしくない？　この前も学校サボってどこ行ってたのよ」

「え？」

「ほら、この前休んだ日よ」

ああ、あの火事の日か。思い至ると口の中に苦いものが広がり、有亜は眉間に皺を寄せた。気疲れが原因なのか朝から体調が悪くて学校を休んだが、午後には良くなって久則に会いに行ったのだ。今思えば会わなければよかった気がする。

「午前中で熱が下がったから、夕方ちょっとね」

「そのワリには遅くまで帰らなかったみたいじゃない？」

有亜は目をぱちくりさせた。あの日はとにかくショックで逃げるように家に帰ったから、そんなに遅くなってはいないはず。考え込む彼女を見ながら、友人はどこか得意そうに胸をそらせた。

「私さ、実はあんたの家に借りてた参考書持って行ったんだよね。ないと困るかなと思ってさ」

そういえば数学の参考書を貸していた。だが、あれは……

「部活の後だったから九時くらいになっちゃったんだけどね。そしたらあんたのアパート前で家の人に会ったのよ。『有亜さんいますか？』って訊いたら『出かけました』

って言われたよ」

「九時？　その時間には家にいたと思うんだけど……。それで、参考書は」

「家の人に預けて帰ったよ」

確かにその参考書は翌日の朝母に「これ有亜の？」と差し出されたのを覚えているし、今も鞄の中に入っている。

慌てて通学鞄を開けて中を確認したが、薄いブルーの参考書は間違いなくそこにあった。

どこからか冷たい風が吹き、有亜は身を震わせて鞄を閉じた。寒さに不安が大きくなる。

いや、そうだ、あの日はショックで電気も点けずに自分の部屋で転がっていたような気がするから、母は自分がまだ帰っていないと思い込んだのかもしれない。そう思い至ってホッとした。

「なになに？　どしたの？」

「あ……ううん、なんでもない」

不思議そうに顔を覗き込まれて、有亜はふるふると首を振った。

翌日十日、有亜は演劇部のメンバーからも、一年生が自分のことを調べていたと聞かされた。ちょうど有亜が大道具置き場にいたときだったので、呼んでこようかと提案したが、慌てたようにどこかに行ってしまったという。

外見の特徴はやはりあの一年生と一致したが、一体何の用なのだろう。考えても心当りはまったくない。

……直接確かめなきゃ駄目かな。

その気になれば探すのは簡単だった。外見はわかっているのだから教師に尋ねればよい。昼休みに職員室に向かうと、予想通りあっさりと一年生の身元は判明した。

名前は神田佐緒里。一年三組。聞き覚えのない名前であり、クラスも遠い。偶然廊下ですれ違ったくらいのことはあるだろうが、それ以上の接点は考えられなかった。

放課後、さっそく有亜は佐緒里の教室に向かった。

柊女子の廊下は全て木目張りで、歩くとほとほとと足音が響く。前方の入口からクラスの中を覗くと、後方の席であのコートを着る佐緒里が見えた。

漆黒の髪をショートカットにし、眉はキリッとしている。あの日は青ざめて震えていたが、クラスメイトと談笑する様は強気や元気という言葉が似合いそうで、いかにも活発そうに思えた。

階段から落ちた日から一週間近く、手足の動きにもぎこちなさはなく怪我も見えない。有亜は少し安堵《あんど》し、教室の後ろのドアに向かった。

「こんにちは」

本人にそんなつもりはまったくなかったのだが、声をかけるタイミングと他の生徒が廊下に出るタイミングがちょうど合ってしまい、陰から驚かすような形になる。

「きゃあああ！」

予想以上に大きな悲鳴に周囲の視線が一気に集まり、有亜の方が動揺してしまった。

「ご、ごめん、驚かすつもりはなかったの」

焦りながら見上げると、佐緒里は胸を押さえて目を見開いていた。

背は有亜よりも頭一つ高い。吊り気味の目は不思議と愛嬌《あいきょう》があり、背の高さの割にどこか愛らしい雰囲気があった。彼女はひどく動揺している様子で、口をパクパクと動かしながら有亜の顔を凝視していた。

「あ、ひゃ、三条先輩……」

「神田佐緒里さんだよね。最近私を探してるって？」

首をかしげて顔を覗き込むと、佐緒里はびくっと肩を震わせた。強気そうな顔に似合わない、怯《おび》えたような反応だった。

「えと、あの、その……」

クラスの生徒が不思議そうな顔で二人の横を通っていく。有亜はちょっと壁際に寄り、下級生をこれ以上動揺させないよう笑顔を作った。

「階段から落ちた日のこと？」

そう尋ねると、佐緒里はさっきよりも大きく体をビクリとさせた。

「ああ、あなたは知らないかな。あの日私も階段の近くにいたんだよ」

「そう……なんですか。すみません。あのときは動揺してなにがなんだか」

「謝ることじゃないよ。どうして私のこと訊いてたの？」

有亜はできるだけ穏やかに訊いたつもりだったが、佐緒里が口を開くまでには少し間があった。

「その……ええと」

彼女の唇は迷ったように何度も動くのだが、言葉らしい言葉はしばらく出てこなかった。教室から出て行く生徒たちにちらりちらりと視線を向けて、人が減るのを待っているかのようだった。

「あの、私の名前に覚えはありませんか？」

有亜は不思議に思いながら首を横に振った。

「か、神田にも……佐緒里にもですか？」

「うん。悪いけど」

佐緒里の顔は少しほっとしたように緩んだが、すぐに複雑な表情になる。有亜が自分の名前を知らないということが、よいことなのか悪いことなのかを考えているかのようだった。

「どうしてそんなこと？」

「えと、それは……その……」

佐緒里の視線がふっと右上に動き、一瞬間があったかと思うと、彼女はパッと顔を上げた。

「リ、リボン！」

「え？」

きょとんとする有亜の前で、彼女は慌てたように通学鞄に手を入れた。

あたふたと教科書の間から取り出されたのは、制服の胸元につける学校指定のリボン。

「これ……拾ったんです」

隅に縫われたイニシャルはＹＳ、糸の色は二年生の赤。デザインは三種類の中から有亜が選んだふわふわしたものだった。

「これ、私の？」

有亜は差し出されるままにリボンを受け取ってまじまじと見た。端の縫い返しになんとなく見覚えがあるような、ないような。確かにリボンは先月一つなくしてしまい、部屋のどこかに入り込んでしまったのだと思っていたが、外で落としていたのだろうか。

「そうです。絶対先輩のです」

肩から急に力が抜けた。なんだ、落としたものを届けてくれようとしていたのか。

「ありがと、わざわざ探してくれたんだ」

「だって、その……これ高いですし」

言われて有亜は少し笑った。確かにリボンはびっくりするほど高く、今の三条家の経済状況で買い直すのはかなり厳しい。

もう一度礼を言ってから鞄にしまおうとして、有亜は顔を上げた。

「でも、なんで私のことをいろいろ訊いていたの？」

一瞬、佐緒里の顔が引きつったように見えたのは気のせいだっただろうか。有亜がそれ以上訊くのを遮るように、彼女は僅《わず》かに下を向いて、指先をもそもそと組み合わせる。

「それは……その、リボンを落としたときの先輩の様子が、ちょっと気になったといいますか……」

「気になったって、どんな？」

佐緒里は迷うような顔でちらりと後ろに視線を送った。もう教室の中にはほとんど人は残っておらず、そのことに彼女は安堵したようだったが、有亜は反対に少し嫌な予感を覚えた。

「ね、教えてくれないかな」

再度尋ねたが、佐緒里はためらった様子を見せる。

その様子が気になり、目を見つめながら根気よく待つと、やがて彼女はおずおずと口を開いた。

「い、一週間、一週間くらい前だったと思います。その、放課後部活が終わって帰ろうとしたときに、校庭の隅で三条先輩を見たんです。そのとき先輩は校外の人っぽい男の人と何か真剣に話をしていたんですけど……」

有亜は驚いた。そんな記憶はまったくない。

「それ、本当に私？」

おそるおそる尋ねると、佐緒里は唇を一文字に結んでこっくりと頷いた。

「男の人って……？」

「大学生くらいの人です。背が高くって、瘦《や》せてて、四角いフレームの眼鏡をしてるのが見えました。そういう人に心当たりはないですか」

嫌な予感が強くなるのを感じながら、有亜はふるふると首をふる。そういうタイプの知り合いはまったくいなかった。

「二人ともすごく真剣な感じで、二人が立ち去った後にリボンが落ちていたんです。なんだか私気になってしまって、あの先輩はどういう人なんだろうって。すみませんでした、あちこち聞き回るような真似をして」

ぺこりと頭を下げられたが、その言葉はほとんど有亜の耳に届いていなかった。

一週間前？　校庭の隅？　大学生くらいの男の人？　まったく身に覚えがなかった。一つも記憶にない。からかわれているのだろうか。いや、このリボンはほぼ間違いなく自分のものだ。有亜はいつの間にか握りしめていたリボンをそっと広げ、ＹＳの文字を確認した。

「では、私はこれで……」

「ね、神田さん」

頭を下げて立ち去ろうとした佐緒里を慌てて呼び止める。ドア口で佐緒里は少し困ったように振り返った。

「あの日、どうして階段から落っこちたの？」

彼女の表情がまた一瞬引きつった、ように見えた。

「変なこと訊いてごめんね。でも、わざと落ちたなんてこと、ないよね」

そう口にすると、佐緒里はほっとしたように笑った。本来の元気を取り戻したかのような笑い方だった。

「わざとなんて、やろうと思っても無理ですよ。道で転ぶならともかく、コンクリの階段から落ちるなんて怖くって」

「そう……だよね」

有亜が力なく頷くと、佐緒里は唐突にぺこりと頭を下げ、引き留めるまもなく教室を出て行ってしまう。取り残された有亜はなんだか力が抜け、しばらくぼんやりと廊下に立ち尽くしてしまった。

頭の中ではぐるぐると何かが渦を巻いていた。脳の処理能力が追いつかない。

まったく覚えのない行動、知らない相手。有亜の記憶にない有亜。自分に似た人間がもう一人？　いや、そうでなく――

有亜はふらふらと校門から出た。時計塔の針は四時過ぎを指している。何人かの友達が横を通り過ぎながら挨拶をしていったが、誰が誰だかよくわからない。

昏に手を当てた。そういえば、昨日友人が変なことを言っていなかっただろうか。

――有亜は出かけてますって――

その言葉を思い出したとたん、ぞくりと鳥肌が立ち、立ちすくんだ。

あれが友人や母の思い違いなどではなく、自分が本当に出かけていたのだとしたら?

どくんと心臓が音を立て、鞄を抱えて学校を振り返った。白い校舎はなんだか見知らぬ場所のように思え、考えは嫌な方向にばかり動く。

知らない間に、私はどこかに出かけたり人と会ったりしている?

ぶるぶると頭を振った。そんなことがあるわけがない。けれど考えてみれば、最近夜うなされることが多いような気がする。昼間もぼーっとしていることが多く、いつの間にかずいぶん時間が経っていることもある。

気のせいだ、ただの寝不足が原因だ。そう自分に言い聞かせようとしても、反論は反対側からすぐに出てきた。

……最近、物をなくしすぎじゃない？

ビクリと震えて鞄を見た。確かに、最近部屋に置いたと思っていたはずのものがいつの間にかなくなっていたり、ものの位置が変わっていたり、そんなことがあるような気がする。

そんなわけがない、あの〈未来電話〉が悪戯だったように、何か合理的な説明がつくはずだ。そう思って首を振ったが、一度浮かんだ考えは飛んでいってはくれない。どうしよう、どうしようどうしよう。そんな言葉が頭を回り、有亜の思考の邪魔をした。

ある程度のことなら自分の意志で防ぐことができると思っていた。その意志が自由にならないのなら手も足もでないことになる。誰かに相談して……いや、駄目だ。こんな話を誰が信じてくれるだろう。

顔を上げたそのとき、道の向こうに下校する沖高生の一団が見え、有亜はふっと思いついた。

「波河くん」

久則はどうなのだろう。〈僕たちはいつか人を殺す〉ならば、もしも異変が起こるとしても、それは有亜一人にだけではないはずだ。

　自分一人じゃない。そう思ったとたんに体から力が抜け、鞄を取り落としそうになった。

　どきどきと心臓が鳴る。彼は今はどういう状態なのだろう。有亜のように悪夢を見たりしているのだろうか。

　尋ねたい。笑い顔が頭に浮かんだ。彼ならば、なんだかこっちが呆れてしまうくらい簡単にあっさりと、この不安を消してしまうような気がした。

　会いたいと思った。このもやもやした何かを全部吐きだして楽になりたい。

　けれど、どんな顔をして会いに行けばいい？

　あの日彼の顔を思い切り殴って、以来有亜は一度も連絡を取っていなかった。思い出すだけで手の痛みが蘇《よみがえ》るような気さえする。

「今更……無理だよね。そんな虫のいいこと」

　有亜はそっと鞄を持ち直し、ため息をつくと頭を振った。

　そのまま歩き出したが、足は駅には向かわず、いつの間にか商店街の方に向いていた。

　商店街はいつもと変わらない年末の活気に溢れているように見えた。人の波、アーケードの飾り付け、クリスマスソング。有亜はマフラーを少し持ち上げて、その中を歩いた。

クリスマスといえば、先日友達に誘われたパーティーの返事をまだしていない。母を独りにはさせたくないので断るつもりだったが、代わりに何か作って差し入れようか。部活の大道具ももう少し直さないと。〈予言〉のこと以外にも考えることはたくさんあり、口からは自然にふうと息が漏れた。

母は気丈に振る舞ってはいるが、クリスマス前にはどうしても沈んでいるのがわかる。昔からイブは帰ってこない父と泣く母の日で、この時期になるといろいろと思い出してしまうのだろう。

やっぱり何か凝った物を作ろうか、母の好きな鳥料理か何か。そんなことを考えながら角を曲がったところで、ふいに有亜は立ち止まった。

あれ……？

何か、視線を止めたものがある。なんだろう、頭を巡らせてどきりとした。

沖高のブレザーがウィンドウの向こうに見えた。ドトールのテーブル席。そこには、大きな有亜は思わず人混みに身を隠していた。

カップを手に何か考えている様子の久則がいた。

心臓の鼓動がまた早くなる。なんでこんなに驚いたのか、自分でも不思議な気持ちになった。久則が放課後よく商店街に行くというのは、彼の口から聞いて知っていたのに。

そうだ、知っていて……だから……

何か熱心に話しているその横顔は何も変わっておらず、数日しか経っていないはずなのに、ずいぶん久しぶりに見たような気がした。

彼が向かい合って話している相手が男子生徒だと気づいて、有亜は少しほっとする。よく見るとその落ち着いた顔には見覚えがあった。佐緒里が階段から落ちた日にも久則と一緒にいたはずだ。話に意識が向いているのか、二人は外の彼女にまったく気づく様子はない。

ティッシュ配りの後ろからそっと店内を覗いてみた。テンション高く発言している久則と、淡々と答える相手。渋い顔をする久則と、やっぱり冷静な顔の相手。また元気を取り戻す久則と、それでも変わらない相手。気がつけば有亜は少し窓に近寄っていた。久則が横を向けばもうわかる距離。

こちらを向かれたら、気づかれたらどうしよう。そう思うと胸がキュッと締めつけられたが、有亜はその場を動けず、話に夢中な様子の久則が窓の方を見ることもまたなかった。

はしゃぎながら駆けてきた子供が、コートを擦るようにして通り過ぎていく。このまま立ち去るか、それとも店内に足を踏み入れ彼に声にかけるか。どちらも選ぶことができず、気がつけば携帯を手にとっていた。

着信に話を遮られた久則が面倒くさそうに携帯を手に取るのが見えた。その背筋が面白いように伸びるのも見える。

「波河……くん？」

ガラスの向こうがなんだか別世界に感じられてそっと口にすると、ものすごい勢いで声が返ってきた。

「はいはいそうです俺です！」

信じられないほど幸せそうな声。そんなつもりはなかったのに自然と口元がほころんでしまい、有亜はできるだけ声を抑えて言葉を続けた。

「あのね、相談したいことがあるの。会って話してもいいかな」

「もちろん！　今すぐにでも！」

「じゃあ、窓の方向いてくれる？」

そして彼はひょいっと、まったく簡単に有亜の方を向いた。

「有亜！」

ものすごく嬉しそうに店を飛び出して、こちらの方に駆けてきたりして。

その何のてらいもない様子にどうしていいかわからずにいると、久則はあと三歩で有亜の目の前というところでピタリと足を止めた。

その顔にやっと気まずそうな表情が浮かぶ。もしかして、あの別れ方を今の今まで忘れていたのだろうか。

「どうも……久しぶり」

照れたような言い方に、有亜は少し頬を膨らませた。こっちはあんなに迷ったというのに、こんなに嬉しそうなのはちょっとずるいような気がする。

「わ、私がものすごく怒ってるかもしれないとか、そういうことは考えないのかな」

視線を逸らしてそう言うと、久則はぺこんと頭を下げた。

「……ごめん」

「……もぅ」

そっと久則の顔を窺った。背は有亜よりずっと高いのに、恐縮しきって小さくなっている様子は、怒られた犬にどこか似ている。

横を通り過ぎる人々が、なんだ喧嘩《けんか》かと問いたげな視線を二人に向けていき、有亜は少し慌てて口を開いた。

「私の方も、話も聞かずに叩いたりしてごめんなさい。今度はちゃんと聞きます。悪戯電話って本当なの？　どうしてそんなことを」

「それについてはなんといいますか、ただノリとしか言いようがなく……」

久則は下を向いたまま両の手の指を突き合わせ、か細い声でぼそぼそと呟いた。

「ノリで」

「……ノリで」

やはり情状酌量の余地はゼロなのだろうか。有亜は悲しい気持ちになり、彼の顔を少し睨んだ。

「じゃあ、どうして私にあの電話を？」

「それはその、本当の本当に偶然で、何度も適当な番号にかけたらそのうちの一つが有亜だった……という」

「ホントのホントに？　その後私に会ったのは？」

「それももう、偶然としか……」

それはできすぎではないのだろうか。今度はさっきよりも力を込めて、有亜はもう一度久則を睨んだ。

「〈予言〉も全部でたらめなんだよね？　赤い場所で人が刺されるとか、黒いものが私の友達をどうこうするとか、青は駄目とか」

「え……」

「なに？」

有亜が顔を上げると、久則の後ろ、ガラス越しにパタパタと手を振っている人間が目に入った。

「あ……」

口元に手を当てた。すっかり忘れていた。久則の友人（？）だ。しきりに手を振っているのは、そんなところに立っていないで入ってこいというジェスチャーらしい。

確かに入口に二人で突っ立っているのは邪魔以外の何者でもなく、有亜は久則に声をかけて店内に足を踏み入れた。

暖房が暖かい。さっきまで寒風吹きすさぶ中にいたことに今更のように気がついてマフラーを外す。

「どうも、三条さん」

久則と同じ制服の少年は、立ち上がって優雅に会釈した。

「覚えてないかな。こいつの……知り合いで波河正臣といいます」

「知り合いってなんだよそれ」

「ぶっちゃけるときみの身内だと思われたくないってこと」

「…………」

正臣は席に着いた。その涼しい顔を見て、有亜はなんだか少し怖そうな人だなと感じた。どことなく今売れているイケメンお笑い芸人に似ている気もするのだが、絶対にお笑い番組を見たりはしなさそうだ。それか終始無表情で見るかのどっちかだ。

「本当は従兄弟です。残念ながら」

「残念ながら……」

二人が座っていたのは元々四人がけのテーブルで、有亜は少し迷った末、久則の横に腰を下ろした。自然に見えるよう、そっと椅子をずらして距離を開ける。隣をちょっと窺って口を開いた。

「波河くん、ええと、従兄弟さんは私のこと」

「ごめん、全部知ってるんだ。ちょっとその、相談に乗ってもらってて」

「そっか……」

正臣は無言でスッと頭を下げた。

「有亜には申し訳なかったけど、正臣にはいろいろ話してて、それでさ、今はなんとかして〈赤い場所〉をなくせないかって相談をしてたんだ」

「〈赤い場所〉を？」

一瞬意味がわからず、有亜は二人の顔を交互に見てしまう。

「でも、〈予言〉は全部波河くんの嘘だって」

「嘘なんだけど、当たってるのは本当なんだよ」

「どうして……？　嘘なら当たるわけがないのに、まさか予知能力があるなんて言わないよね」

「とんでもない。俺ガリガリくんすら一回も当たったことないし」

「……いや久則、そこは一回くらいは当てておこうよ」

「だけど〈予言〉が当たってることだけは間違いないんだ。有亜も見ただろ？」

正臣が真剣な顔で静かに頷き、椅子から立ち上がった。

「とりあえず三条さんの飲み物を何か頼んでくるよ、紅茶でいい？」

「あ……」

「落ち着くものにしておきなよ。無理もないけど顔引きつってる」

スタスタとカウンターに歩いていく正臣を見送って、有亜は小さく息をついた。やっぱり、今の自分は傍《はた》から見ても冷静には見えないのだろうか。

「あの、さ」

正臣の背が遠ざかったところで、久則がぽそっと言った。

すぐ隣から聞こえる声に有亜は思わず体を緊張させる。視線を向けると、彼は空になった紅茶カップの縁をくるくると指先でなぞっていた。

「イタ電のこと、本当にごめん」

「今は……そんな場合じゃないもの。本当に〈予言〉が当たるならなんとかしなきゃ」

「そうなんだよな、なんとかしなきゃ、なんとか」

有亜も何か言おうとしたが、言葉が出てこない。四人がけテーブルなのに向かいに人が座っていない状況というのは、なんだかすごくおかしな感じで落ち着かなかった。近い席では隣に体温まで伝わってしまいそうな気さえする。

「有亜が相談したいことって、何？」

久則が急に有亜の顔を覗いてきた。改めて訊かれると戸惑ってしまう。

「ええと、その、最近〈予言〉以外で何か変なことなかったかな」

喉からうまく声が出てこず、途切れ途切れにそれだけ言うと、久則はきょとんとした顔をした。

「変なことって？」

「たとえば……嫌な夢を見たりとか」

話しながら、有亜はおかしいなと思った。今まで久則といるときはもっとリラックスしていて、さっきだって確かにほっとしたはずなのに、どうして今息苦しさを感じているのだろう。

「嫌な夢かぁ。それはあるな。情けない話だけど、うなされて目が覚めるとか」

「波河くんでも、そうなんだ」

「それはやっぱりさ、罪悪感もあるし、単純に怖いしさ。正臣は〈言霊〉なんて言ってたけど、得体が知れないって怖いよな。元はといえば自分が悪いんだからそんなこと言っちゃいけないのかもしれないけどさ」

「ん……」

有亜は返答に困り、小さく頷いて窓の外を見た。坂の多いこの街では、商店街にも交差点にも微妙に傾斜がついている。行き交う人のカラフルな服が、なんだか油絵か何かの様だ。

久則が「どうした？」という顔を向けてきたが、なんと言えばいいのだろう。

「あのね、その夢って……」

テーブルの上に視線を落としていると、正臣が席に帰ってきた。

「きみたちって並んでるとなんか犬とハムスターみたいだよね」

「俺が犬みたいだって言いたいのかよ」

「自分でハムスターみたいだと思いたいなら止めないけどね。はい紅茶」

有亜は湯気をたてるマグカップをお礼を言って受け取って、先程の会話を思い出した。

「〈赤い場所〉をなくすって、どういうこと？」

そう尋ねると、久則は説明してくれた。

予言が当たるのを防ぐため、有亜の周りから赤い場所をなくそうということ、商店街の中華料理店が怪しいのではないかということ。

「正直、看板の色を変えてもらうのは難しいと思うんだ。何日までって限定されてるわけでもないし、理由も話せない」

温かい紅茶を一口飲み、有亜は眉間に皺を寄せた。

「無理ってこと、なのかな」

「それで考えたんだよ、正臣、お前言ったろ？　赤と黄色が半々なら〈赤い場所〉じゃないって。それと同じだ。花屋も中華料理屋も、赤が消せないなら他の色を増やせばいいんだ」

「増やす……？」

有亜は目をぱちくりさせてカップを置いた。

「そう、黄色でも青でも別の色が半分、いや三分の一でも入ればもうそれは赤じゃないだろ。たとえばこの季節だからさ、赤以外のクリスマス飾りを山ほど買って、店につけさせて下さいって頼んでみるんだ。クリスマスまでしか使えない手だけど」

なるほど、言われてみればなんで思いつかなかったのだろうと思えるほど単純な方法だが、そうすれば〈赤い場所〉をなくすことはできそうだ。

「でも、そんなことできるの？」

「任せなさい。この辺の店主はみんな知り合い」

久則は胸を張る。なんだか少し頼もしくて、また有亜は笑いそうになった。気がつけば息苦しさは消えており、もう一度カップを手に取った。

「正臣は？　なんか異論あるか」

「いや別に」

「じゃあ、すぐに飾りを買いに行った方がいいよね、波河くん」

そう提案すると、久則と正臣は同時に顔を上げた。まったく同じ動きに有亜は一瞬面食らい、そして思い出す。

「そっか。両方波河くんなんだよね。じゃあ……久則くん」

そう言ったとたん、久則の顔がぱあっと明るくなり、彼はその勢いで立ち上がった。

「一緒に来てくれるんだ!?」

「それは……だって今は誰かが刺されるのを防ぐのが一番大切でしょ」

それで決まりだった。

ドトールを出た三人はその足で雑貨量販店に向かった。特設コーナーに行けばほしいものは山ほど積まれている。モールにリース、靴下にオーナメント。普段なら数個で済ます飾りを所持金が許す限り買い込んで、自転車の前籠《まえかご》も荷台も一杯にする。

有亜がふと気づくと、久則は店員にどんどんノセられ、明らかに飾りとは呼べない大きな人形をも籠に詰め込んでいた。サンタは赤いから駄目だと止められるまですっかり当初の目的を忘れていたらしく、我に返って激しく落ち込み今度はとっとと動けと正臣に冷たくあしらわれる。

三人そろって黄色いビニール袋だらけになって街を歩くうちに、有亜は段々と楽しい気分になり、少し笑ってしまった。今までの思わず漏れるものでなく、本当に久しぶりの楽しい笑い。

「何⁉　どしたの？」

「なんか、お祭りみたいだなぁって思って」

動揺してビニール袋をガサガサさせる久則にもう少し笑う。そのとたん彼の顔が心底嬉しそうに輝くのを見て、今度は苦笑した。

「ああ、なんか文化祭みたいなノリではあるよね」

トナカイの頭を被ったまま、正臣はぼそりと賛同した。

「非日常っていうのは不思議と人のテンションを上げるものだよ。実際には深刻な事態だったとしてもね」

「……うん」

「ああ、深刻な顔しろってことじゃないよ。三条さんが明るいとあのラブラドールみたいな男も喜ぶしね」

そのラブラドールみたいな男だったが、いざ商店街の店主に掛けあう段になると本当に役に立った。

みんな知り合いというのは誇張ではなかったらしく、声をかけると店主の方が「おお」という表情になる。

「どうした久ちゃん、今日はいつもの二人は一緒じゃないのか？」

「まぁね。それはそうと実はお願いがあるんだわ。聞いてくれる？　ありがと！　陳さんの料理は世界一！」

中華料理店と花屋、念のためにと行ったコンビニと文房具屋でも、皆快く協力してくれる。

有亜がしなければならないことといえば、交渉成立後に飾りを渡すくらいのもので、自然と交渉の間は数歩さがって久則に任せるようになった。

「一生のお願い！　黙ってこれを店に飾ってくれ！」

「はっは。久則くんまた罰ゲーム？」

「ま、そんなとこ」

「ははは、よくやるねー。この間みたいに全身タイツで走ったりはしないの？」

「黙れ」

「すごいね、顔が広いんだ」

また一件交渉を成立させ駆け戻ってきた久則を有亜が素直に賞賛すると、彼は少し得意そうに胸をそらした。

「はっはっは。これでも南中のぬりかべと呼ばれた男だからな」

「久則、顔が広いの意味が違う」

明らかに数日前に開店したての美容院の店員まで久則を知っており、有亜も驚いた。ピンクの髪の店員に向こうから声をかけられたときには流石に久則の方が不思議そうな顔をしていたが。

それからも三人は商店街を回り、〈赤〉の多く使われている店を探した。少しでも怪しい店には片端から飾り付けを依頼する。中には店主が不在で手こずった店もあったが、そういったものは少数だった。

「ごめんね、主人ちょっと出てるのよ」

「ありゃ、遅くなりますか」

看板が赤系統のため念のために入った電器店では、店主ではなく小太りの奥さんが応対に出てきた。

「神社の集まりなのよ、ほら、最近じゃ氏子《うじこ》の数も少ないじゃない？　することはいっぱいあるのに人手は少なくて、近所の子供は社務所にいたずらするし、石碑だってボロボロで早くなんとかしないといけないし、境内の木だって銀杏は落ち葉が多いから他の木にしようとか。ほらやっぱり放火があったから怖いでしょ。境内には物置もあるし」

「いやあの、帰る時間が知りたいだけなんだけど……」

「帰る時間？　どうかねぇ。それより久ちゃん、お姉ちゃんは元気？　お母さんはよく買い物にみえるけど」

久則はあっという間に奥さんのおしゃべりに捕まってしまう。有亜がどうしようかと脇を見ると、正臣はやれやれといった顔で肩をすくめた。

「突っ立ってても時間の無駄だね。僕はあっちの店覗いてくる」

言うなりスタスタと出て行ってしまった。有亜は一瞬どちらについていこうか迷ったが、結局店内で久則の話が終わるのを待つことにした。

「……あれ？」

デジカメコーナーを覗こうとしたところで、店の奥に店員と並んだ見知った姿を見つけた。反射的に棚の隙間に身を隠す。

「うーん、そういうのはうちじゃ扱ってないなぁ」

よく考えれば隠れる理由などまるでない。我ながら呆れたが今更出て行くのも不自然きわまりなく、有亜は結果的に会話を盗み聞きしてしまうことになった。

「もっと大きな店か、インターネットとかしかないんじゃないの？」

といっても聞こえるのは店員の声だけで、相手は小声で頷いているだけだった。

「ていうかさ、そういうのは専門家に任せた方がいいんじゃないのかな。気になるのなら警察とか」

「……いいんです。気のせいかもしれませんから」

ポソッと呟き足早に店を出て行く、その姿をちらりと見た。

やっぱり、彼女だ。

あの目立つコートこそ着ていなかったものの、この距離では間違いようがない。それは佐緒里だった。

有亜はそこで棚に挟まった自分の状況を思い出し、そろりと隙間から抜け出した。

佐緒里も柊女子生なのだからこの辺りの店を利用しても不思議なことは何もないのだ。

盗み聞きのような姿を見られなくてよかったとほっとする。

「有亜」

やっと奥さんから解放された久則が疲労困憊《ひろうこんぱい》の体《てい》で戻ってきて、有亜はそちらにととと歩み寄った。

「まいったまいった。最終的にはなぜかねーちゃんの見合い話にまで発展したよ」

「お姉さん、いるんだ」

「まぁね、テレシコワみたいなごつい角刈り女だけど」

両目を手で吊り上げて見せる様子に、有亜は思わず笑ってしまう。

「歳が離れてるからガキの頃なんて身長差三倍くらいあってさぁ。本に落書きしたのがバレて逆さ吊りにされたのが未だにトラウマ。お袋がまた同じタイプでがさつで怖くて、昔『ジャイアンのかあちゃん』って呼ばれてた。声がまたそっくりなの」

「もう。家族のことをそんな風に言って」

「笑いごっちゃないんだって。親父が襖《ふすま》ごと吹っ飛ばされたことあるんだから」

二人は並んで店を出た。とたんに冬の風が頬を打ち、有亜は慌ててマフラーを巻き直す。

「でもちょっと羨《うらや》ましいな。私は一人っ子だし、お母さんもどちらかというと静かなタイプだから」

「そうかあ？　あれを親にもったら一日で考え変わると思うぞ。俺はあの二人を見て育ったから、女の子は自分より背が小さくて可愛くて落ち着いてて品があって理屈の通じるしっかりした子が理想になったもん。有亜みたいなさ」

「ま、またそういうこと」

「あ、でも有亜の身長が例え二メートル九センチだったとしてもやっぱり好きになったと思うけどな。好きになるってそういうことだろ？」

有亜は言葉に詰まり、マフラーの中に埋もれるようにして久則から目を逸らした。

「私はたぶん……『しっかりした子』じゃないから」

「そうかなぁ。有亜の友達も言ってたぞ。『有亜はすごく頼りになる』って」

「そう言ってもらえるのは……嬉しいけど」

肩を落とした。自分でもずっとしっかりしていると思ってきたが、最近すっかり自信がない。

「みんな誤解してるの。いい方にね。私が全然頼りにならないこと、久則くんはこの前わかったでしょ」

火事を前に、叫んで、人を叩いて、逃げ出した。

「あれはしょうがないだろ、俺が全部悪いんだし」

久則はそこで言葉を切り、足を止めると真剣な眼差しで有亜の顔を見た。

「有亜、なんか疲れてるか？」

「え」

驚いて顔を見返すとまた慌てる。両手のビニール袋が急に持ち上げられてガサガサと音を立てた。

「あ、いや、そうだよな、疲れてはいるよな。俺のイタ電に今もさんざん振り回されてるわけだしさ、部活のこととか家の仕事とか元々忙しいわけだし。けど……そういうのと違ってさ、有亜、もしかして友達に嘘ついてないか」

「嘘……？」

有亜はその言葉に自分でも顔が引きつるのがわかった。彼にまっすぐ向き直ってその目を見る。

「私、嘘ついたりしないよ。大嫌いだって言ったじゃない」

「あ、ごめん、そういうことじゃなくてさ、うまく言えないんだけど」

よほど厳しい表情になっていたのだろう、久則がひどくうろたえるのがわかったが、フォローの言葉は有亜の喉から出てこなかった。嘘つきだと言われるのだけは、どうしても我慢することができない。

「えと、ほら、俺が言いたいのはなんていうか」

「喧嘩？　僕のことを忘れるのはかまわないけど、ここが街中だってことくらいは覚えていてほしいね」

いきなりかけられた声に驚いて振り返ると、いつの間にかトナカイが帰ってきていた。袋の中身は大分減っており、角の先になぜかリボンが増えている。

「なんだよ正臣、どこいってたんだよ」

「ひどいね。これでも働いていたんだけどな。あっちの道は全部見たよ」

久則の注意が従兄弟に向いて、有亜も気を取り直してトナカイに歩み寄った。

「ごめんね正臣くん。そっちには赤いお店あった？」

「もう問題なし。あとは路地がいくつかだね」

そのまま三人は細い道を手分けしてチェックし、念のために元来た道をもう一度見て回る。心当たりを全て当たった頃には、かなりの時間が経過していた。

「こっちはほとんど店自体なかった。正臣、そっちは？」

「一軒見逃すとこだったよ。そこのチャイナドレスパブ、ドアから壁から店内全部赤かったんだ」

「……お前ってなんかそういう店詳しいよな」

ついでにあの日の火事についても訊いて回ったが、わかったことは少ししかなかった。

怪我人や他の店への被害はなかったこと。焼け跡の調査から放火であることはまず確実だが、犯人の目星はまったくついていないこと。

「やっぱり、この時期の夕日はオレンジ色だよな」

そう言われて有亜は顔を上げた。太陽は既に沈み、西の空に残り火のようなオレンジ色が残っている。それを見ながら、有亜は今が冬であることに感謝した。

「〈赤い場所〉もうないよね」

「思いつく限りの対策はしたと思うよ」

「これだけやれば心配ないって」

二人に笑顔でそう言われると、なんだか本当に大丈夫のような気がしてくる。安堵と同時に自覚していなかった疲れがどっと襲ってきて、思わずふっと息をついた。

「大丈夫か!?　やっぱり疲れた？」

「ん……平気」

笑顔をつくった。疲れているのは間違いなかったが、心配そうな顔を見ると元気が戻ってくるように感じられる。

……気づいてくれるんだな。

有亜は自分が今までにないほど穏やかな気持ちでいることに気がついた。安心感と、何か。とても嬉しい何かだった。

「そんなこと言ったって、この前も学校休んだばっかりだろ」

「本当に大丈夫だから。ね」

「いやいやいや！　家まで送ってくよ！」

「でも……」

有亜はちらりと駅の方を振り返った。今から一人で帰ることを想像すると、毎日のことのはずなのに耐えられないほど寂しく感じられ、彼と一緒ならどんなにいいだろうという気持ちになる。

「あの……でもね」

「久則、困ってるじゃないか。しつこくしたらいけないよ」

「そんな、しつこいなんて思ってないよ。すごく嬉しいし、ありがとうって思うんだけど、でも、そのね」

キラキラした目が向けられる。そんなに期待を込められると有亜としても躊躇《ためら》ってしまうのだが。

「久則くん、自転車じゃない」

「ああああ――――っ!!」

久則は頭を抱えた。

「私は駅から電車だから、ね」

「そっか……そうだった。完全に忘れてた。けどこんなのそこに停めればいいわけだし！　電車で戻ってまた乗るからさ。なんなら車内に持ち込んでも。二駅くらいなら二人乗りでもいいしさ」

「そこまでしてくれなくても、明日も学校があるんだし。家は駅からすぐだから」

彼はなおも送っていくと主張したが、最終的には渋々ながらも納得した。

「そっか……。でもよかったなぁ。俺、有亜がまだすごく怒ってて、だから送られたくないって言うのかと思ったんだ」

「ま、まだ完全に許したわけじゃありません」

有亜は少し眉間に皺を寄せて久則を見返した。

「だよな……ごめん。その、さ」

久則は、少し目を逸らすようにして言った。

「今日は本当にありがとう。有亜の方から来てくれるなんて思わなかった。その、全部解決したらさ、俺……」

「解決した後の話は、解決した後にしよ。ほら、もう寒いから」

「あ……ああ」

「またね」

久則はまだ何か言いたそうだったが、有亜の一言で諦めたように笑う。そのまま親しい友達同士のように手を振りあって、三人は別れた。

有亜のアパートまでは電車で二駅。

最寄り駅からはいくつか角を曲がるものの、距離としては二百メートル程度で、すぐそこと呼べる近さだ。

改札を通り抜けるとき、口から自然にふうっと息が漏れた。ここのところずっと心を占めていた息苦しさが、すっかり軽くなっている。定期入れを鞄の中に落とし込んで、有亜は苦笑した。

まだ、何も解決していないというのに。けれどこんなに明るい気持ちで帰宅するのは何日ぶりだろう。自然に顔がほころんでしまい、慌ててぶるぶると首を振った。駅員が少し不思議そうな顔をする。

「だめだめ、気の緩みは大敵大敵」

しっかりしないといけない。〈赤〉が防げたとしても、まだ〈予言〉には続きがあるのだ。気を引き締めないと。明日は演劇部の朝練だってあるのだし。

……でも、今日ぐらいはいいよね。

ファーのついたマフラーをくるりと巻くと、ほっと嬉しい気持ちで夜道に足を踏み出した。

風が吹く。周囲は住宅街なので夜でもそれほど不安はないが、街灯がだいぶ古くなっているのが困りものだ。黒ずんだ明かりはちかちかと絶え間なく点滅して、辺りを嫌な色に染める。有亜は夜道を歩きながら、冷えた指先に息を吐きかけた。一瞬、真横の街灯が完全に消え、辺りがふつっと暗くなる。顔を上げると、思い出したように明かりはついた。

寒い。

アパートまではあと二つ角を曲がればいい。早く帰ってお風呂に入ろう。足を速めかけて、有亜はギョッと立ち止まった。

後を、つけられているような気がする。

体がこわばる。街灯がチチッチチッと音を立て、か細い光が何かの影を道に伸ばした。

気のせい……？

いや、背後には確かに人の気配があった。有亜が再び歩き出すと、気配も動く。そっと足を止めると合わせて止まる。足元をすっと冷たい風が抜け、もう一度歩き出したときには有亜の手は震えていた。

まさか……

ふと思った。〈赤い場所で人が刺される〉。この〈人〉とは誰のことだろう。

人間であれば誰でも対象になるはずだ。それこそ、有亜自身でも。

そう思ったとたんに指に力が入った。頭の中に渦巻いていたものがふっとおとなしくなり、有亜はくっと拳を握るとわざと靴音を鳴らすようにして立ち止まった。

もしも変質者の類なら何か反応があるはず。しかし予想に反して、背後の相手はまったく歩調を変化させずに歩いてきた。

だんだんと、だんだんと近づいてくる。やはり勘違いだったのだろうか。有亜は動揺しそうになる心を落ち着かせ、いつでも駆け出せるよう足に意識を集中させた。視線を周囲に走らせる。飛び込めそうな民家を探す。

足音がますます近づき、有亜はちらりと背後を窺った。光の中に背の高い痩せた男が見える。大学生くらいか。暗くてよくわからないが、その顔に見覚えはないように思えた。ときどき光を反射するのは眼鏡だろうか、首から提げたＭＰ３プレーヤーも、街灯の明かりにてらてらと光っている。

意識は音楽に向いているのか、こちらに気づいていないような様子。それともあれは演技だろうか。プレーヤーの調子が悪いのか男は何度も手元を操作し、そのたびに歩調が緩くなる。なんだ。変な歩き方はそのせいか。安堵した有亜は前を向いて歩き始め――

ギクリとした。

赤い。

この時期になると増える、クリスマスの電飾で飾り立てられた民家。目の前のその家はただ壁に電球を取り付けるだけでなく、二階のベランダから玄関にかけ、ツリーの形に見えるよう何本もの電飾コードを渡していた。

その色は、家そのものを染めるほどの〈赤〉。

道路がまるで血の海のように見え、有亜は躊躇した。

だがここを歩かなければ家には帰れない。小さく息を吸い込むと歩を進め、真っ赤な民家を通り過ぎて、そのまま角を、曲が……

「ギャアッ‼」

ほっと息をつこうとしたとき、背後で悲鳴が響いた。

第五章　傷つく友人

「なぁ、有亜は昨日無事に家に帰れたかなぁ」

昼休み。久則は机の上に両肘をついて前を見た。

正臣は向かいの席にまた勝手に座って食パンを食べている。しかも一斤。

「なにさ急に」

「なんかちょっと心配になってきてさ。虫の知らせっていうか」

従兄弟はパンの中から顔を上げると肩をすくめた。

「ま、確かにあれで〈赤〉が防げたか自信ないし。三条さん自身が〈刺される人〉かもしれないよね。けど彼女には最終的に〈人を殺して自分も死ぬ〉ってのが残ってるんだから、今何かあっても大事《おおごと》にはならないよ」

「嫌なこと言うな。理屈じゃそうかもしれないけどさ、気になるもんは気になるんだって。放課後には電話するつもりだけど、俺有亜の新しいメアド知らないし」

「昨日あんなに聞き出す時間あったのにね。じゃ、僕が柊女子の知り合いに確認しよっか。学校に来てるかわかればいいでしょ」

正臣は食パンの角を咥えて胸のパンくずを払う。久則はそんな従兄弟をうさんくさそうに見た。

「知り合いって、お前あんまり親しくないって言ってたじゃん」

「メールするくらいじゃ親しいうちに入んないでしょ」

「……いや、まぁいいけどな」

正臣は最後の一切れを口に放り込むとむくんと飲み込んだ。

「お前最近安いパンばっかり食べてないか？」

「節約してたら癖になっちゃってね。ていうか久則はいつも昼休みはどうしてるの？僕いつも何か食べてるトコ見たことないけど」

「弁当は開始五分で食い終わるもんだろ」

「へぇ。そういう人って大物になるんだよ」

「マジで⁉」

「どう考えても嘘に決まってるよね」

久則は憮然とした顔で椅子にもたれかかり、ネクタイを引っ張って緩ませた。正臣は相変わらず一分の乱れもない制服姿のまま腕を組む。

「赤の次は白、なんだよね。それも」

「〈友達が傷つけられる〉だろ」

その言葉を口にしたとき、舌に金属板でも載せたかのような不快感があった。

久則だってわかってはいる。今度は他人事ではないのだ。なんでそんな〈予言〉をしてしまったのかと、今更のように落ち込んだ。

「はいはい沈むのは時間の無駄。『後悔や罪悪感は小心者の善人ぶった言い訳である』って言うだろ。久則が善人ぶった小心者なのは知ってるけど、言い訳までしなくたっていいよ」

「それは慰めてるとポジティブに解釈して良いのか」

久則は軽く体を伸ばすと辺りを見る。元気の良いクラスで、教室に残っている生徒は数人だった。

「友達、か。あの子かな。前に俺が話を聞いた」

「さあね、一言で友達って言っても親友から単なるクラスメイトまでいろいろだろうし。久則だってまだ友達だしねぇ」

「うるせぇよ」

「しかし白くて四角か、難しいね。赤い場所より特定が困難そうだ」

睨む久則をするりと躱《かわ》し、正臣は考え込む。久則も腕を組み頭を捻《ひね》った。

「豆腐とか消しゴムも白だよな。怪我するのは無理だろうけど」

「家電は白いのが多いよね、冷蔵庫、レンジ、TV、それこそこれだって」

正臣は携帯を取り出して軽く振る。白いシンプルな電話には、クラスの女子からもらったと思われるやたらとファンシーなストラップがついていた。

「傷つくってのも瀕死《ひんし》の重傷からかすり傷まで。紙で切る、潰される、空から十メートルの白い木綿が舞い降りてきて首を絞められるなんてのもありか」

「ないだろ」

正臣は少し笑うと窓の方へ顔を向けた。久則もつられて視線を動かす。普段から殺風景な校庭は、冬場は特に寂しげに見える。風に砂埃が舞い、葉の全て落ちた木が枝を揺らした。

「なんかごめんな、余計なことに巻き込んで」

久則は少し神妙な気持ちになり、従兄弟にちょっと頭を下げた。

「いや別に暇だし。僕はクリスチャンじゃないし、大掃除もしないしね」

「大掃除はしろよ」

「掃除ってのは毎日こつこつすべきものだよ」

「……すみません」

窓の大部分は校舎内の湿気で曇っていた。正臣はひょいと立ち上がると、そこに達筆な文字で「黄色・緑・赤・白」と書いて、思い出したように口を開いた。

「久則は、クリスマスは例年通り通常通りいつも通り家族で過ごすのかな？」

「お前その言い方絶対嫌がらせだろ」

「お姉さんも？」

「あれに彼氏ができるとでも？」

ははは と笑われると久則は不思議と少し腹が立ったが、あの姉のために怒ってやることもないと思い直した。再び腕を組む。

「どの〈予言〉も何日まで防いだらＯＫって保証はないんだよな」

「そうだね」

「〈赤〉だって、クリスマスが過ぎたら飾りも外さなきゃならないし、看板の塗りかえも頼めない」

「うん。白、白、白線、白装束……」

「刃物を街からなくすのだって不可能だし、警告だって無理だよな。『通り魔に注意』

なんてポスター貼《は》ったって効果があるかどうか」

「シロアリ、白拍子、白鯛焼、マシュマロ、ぷっちょ、ぷっちょ殺人事件、白樺派《しらかばは》、若白髪《わかしらが》……」

「若白髪はどう考えても〈四角〉じゃないだろ」

「……傷つく人は多いかもよ」

「精神的にな。ていうかあのさ、正臣、なんか別のこと考えてないか？」

尋ねると、正臣はひょいと振り返った。久則は机の上に顎を載せる。

「違ってたら申し訳ないけどさ」

「まぁね」

正臣はちらりと辺りを見、意味ありげな目を久則に向けてきた。

「後手に回って防ぐより、元を断てないかと思ってさ」

「有亜と会わない方がいいって話かい」

「そうじゃなくてね」

正臣が肩をすくめて続けようとしたとき、久則の鞄で電話が鳴った。もぞもぞと携帯を取り出し、画面を開く。着信は、

「あれ……また有亜だ」

「おかしいね。柊女子も校内携帯禁止のはずだけど」

ということは、至急連絡しなければならない事態に陥ったと!?　嫌な予感に胃が縮み、久則は机を蹴倒《けたお》す勢いで立ち上がった。

「おい、久則」

「悪い正臣！　またあとでな！」

従兄弟の言葉を最後まで聞かず、久則は教室を飛び出していた。フルスピードで廊下を走る。

これで教師に注意されなかったらその教師は何か問題があるだろうというくらいの勢いで昇降口に到着し、靴を足先に引っかけただけの状態で外の土を踏むとほぼ同時に携帯を開いた。

「久則く……今、お昼休み？」

「そうそう！　どした!?」

「ごめんね、どうしても話がしたくて、あのね、私」

有亜の声には思ったほど緊急という感じはなく、しかし明らかに元気がなくて、久則は喜んでいいのか心配していいのか一瞬迷う。

しかし続けられた言葉が、彼の体を凝固させた。

「私ね、あのね……多重人格になっちゃったかもしれないの」

「どういう、ことだ？」

何人かの生徒が脇を通って校庭に出て行く。混乱する頭で、久則はなんとかそれだけを口にした。

「ごめんね、変なこと言って。自分でも混乱しててよくわからなくて、なんでかな、久則くんの声が聞きたいって思っちゃって」

周囲に視線を走らせ、落ち着いて話の出来る場所を探しながら、久則は電話の向こうが妙に静かなことに気がついた。学校からかけているのなら、もう少し雑音があるはずだ。

「今、家にいるのか？」

「うん、また休んじゃったの。……駄目だね私」

「全然駄目じゃないって！　具合悪いならいいから休め！」

「うん、あのね、あの〈予言〉、やっぱり当たるんだね」

有亜の声にはまったく力がない。久則は校舎裏に向かいつつ、いてもたってもいられない気持ちになった。

「私、最近変だったの。自分では部屋にいたつもりの時間に、出かけてたでしょって言われたり、物が置いていたところとは別の場所から見つかったり、なんか部屋が変な感じで。それでね、昨日、〈もう一人の私〉を知ってる人に会ったの。それにピアスがね、なくしたはずなのに、家に着いたら机の上に」

「え……おい、ごめん、言ってることがよく」

「最初は勘違いだと思ったんだよ？　うっかりすることなんて誰にでもあるし、こんな非現実的なこと。だけど重なると目が逸らせなくなって、多重人格なんじゃないかって思ったら、そう考えたら全部説明がつくことに気づいて……」

久則は思わず顔を上げて、有亜の家があるはずの方向を見た。もちろんこの場所から彼女の様子がわかるわけもない。見えるのはコンクリートの校舎と冬の空だけだ。

「なぁ、今から学校抜けて会いに行こうか」

「そんな、そこまでしてくれなくても大丈夫だよ。ちょっと混乱してるだけだし、さっきからずっと時計見てるけど、時間途切れたりしてないし」

「でもさ、面と向かって落ち着いて話せばすっきりするかもしれないだろ、正臣もつれていくしさ、もし」

「ありがと。じゃあ……放課後になったら、会ってくれる？」

「うんうんうんうんうん!!」

久則はそれはもうガクガクするほど首を縦に振った。その姿はもちろん有亜には見えないはずだが、電話の向こうで彼女が少し笑ったような気がする。

「本当にありがと。なんでだろ、久則くんに話すとなんだかすごく安心するの」

「あ、それはあれだ。人間何事も口に出して人に相談すると自然と自分の考えを客観視できて落ち着くって正臣が言ってた」

「……そこはそういう反応なんだ」

彼女は苦笑したようだったが、少し元気が出たらしく、久則はものすごく安堵した。とたんに制服だけで外にいることを思い出し急に寒くなったが、そんなことは別にいい。

「私が学校まで行けばいい？」

「いいよ！　教えてくれれば家まで行くよ！」

「そこまでしてくれなくたって平気だよ。どこで会うのがいいかな。神社の階段の前とか」

「わかった。鯛焼《たいやき》でも食って待ってるよ」

商店街に新しくできた鯛焼屋に久則は最近はまっている。屋台のようなデザインの小さな店で、紙袋に入れられた焼きたてをかじりながら帰るのが最高なのだ。

「あそこ美味しいもんね」

「有亜も好きなのか⁉　いくつか買おうか⁉」

「いいから。本当にありがと。持つべきものは友達だよね」

微《かす》かな笑い声を残して、通話は切れた。


放課後。久則と正臣は神社のモノリス横に自転車を停めた。

「死にたい……」

「よく死にたがるお人だね。どうしたのさ」

「ふふふ。吹けよ風、落ちよ雷。どうせどうせ俺なんか」

「いいから」

久則はハンドルに顎を載せて、情けない顔で従兄弟を見やった。

「……だって有亜がさ、電話の最後に俺のこと『友達』って」

「事実は事実でしょ。下らない」

肩をすくめて自転車から降りる正臣に、久則は慌てて続いた。有亜はまだ到着しておらず、二人は伝えたとおり角の鯛焼屋に向かうことにする。

店は五メートルと離れていないというのに、正臣は自転車にしっかりとチェーンを掛けており、それを見て久則は少し呆れた。

「まめだなぁ」

「ちょっとの油断が命とりなんだよ」

正臣は肩をすくめるとスタスタと店に向かう。慌てて久則も後を追った。幸い他に客はおらず、鉄板の上で鯛は実に良い色に焼けている。食欲をそそる匂いにいそいそと財布を取り出した。

「おっちゃん『餡《あん》だく』二つー。あと女子に人気あるやつってどれ?」

「前から気になってるんだけど『だく』って別に『多い』って意味じゃないよね」

「そうか? 『たくさん』の『たく』だろ」

「『汁がだくだく』の『だく』じゃないの?」

「どっちだっていいだろ。ホント正臣は細かいよな。さっきの鍵もそうだけど疲れないか?」

「全然。自転車泥棒って相当な数いるんだから、ちょっとでも目を離すときは気をつけないと」

熱々の鯛焼を二つ受け取りながら、久則はちらりと背後を振り返った。正論は正論だし、ここからは確かに壁が邪魔で自転車が見えないが、それでも気にしすぎではないだろうか。

「その大雑把な性格で何回失敗した？」

正臣は鯛を受け取ると、縁のパリパリを細かくかじり取りながらまた正論を言う。少し腹が立ったが事実すぎるので反論もできない。久則は鯛を丸ごと口に詰め込むと、さっさと歩く正臣に続き、胸を叩きつつモノリスの前に戻った。

久則の自転車が盗まれていた——などということもなく、二台の自転車は石碑の前に停められていた。

「ほら平気だろ」

内心ほっとしつつ、愛車のハンドルに手をかけた。スタンドを上げて引っ張る。チェーンをカタカタやっている正臣を横目で見つつ、鍵を掛けないとシャッと出せるよなと思いながら、久則は後ろにさがって——

と、

「ん？」

何かが引っかかるような、妙な手応えがあった。

あれ、と。そう思った瞬間に視界が暗くなった。反射的に顔を上げた久則は太陽が

何かに遮られたことに気づく。モノリスが、大きく。いや、倒れてくる⁉

三メートルはある石の塊が自分たちの方に倒れてくる。久則の頭はそれを理解したはずだったが、体はまったく動かなかった。ぐらりと手元に嫌な感覚。逃げないと思いはしたが、自転車にまたがった状態でとっさに動くのは至難の業で、世界は都合よくスローモーションになどはなってくれず――

そこにいたのが久則一人だけだったなら、彼はそのまま押し潰されていたかもしれない。

正臣がすぐ横にいる。自分よりも石碑の近くに。その事実が頭に弾けると同時に、久則は飛び出していた。

「逃げろ!!」

どうやって自転車から足を外したのか自分でもよくわからないまま、久則は正臣の肩を突き飛ばすようにして地面に転がり、間髪入れず石碑がズシンと音を立てて目の前に倒れる。

「正臣!!」

久則は弾かれたように立ち上がり従兄弟の名を呼んだ。

「……そっちじゃ…ないよ」

呆れたような声に振り返ると、今さっき自分が倒れ込んだ場所のすぐ真横に、転がっている制服姿が見えた。

「今……明らかに石碑の下を想定して呼んだろ。自分で突き飛ばしたくせに……そこにいたら僕はどんだけぺったんこだって話だよ」

「うるせぇな動転してたんだよ」

久則はほっとしつつ従兄弟を見下ろして、とたんに息を呑んだ。

二人ともモノリス本体の直撃は免れたが、巨大な石碑は完全に倒れ、上三分の一程度の箇所でボキリと折れていた。

そしてその折れた石の塊の一つが、正臣の左足の上にあった。

「……こりゃあ、折れてるっぽい……ね。足も石も」

正臣は掠《かす》れた声で、だがいつものように皮肉な口調で言う。

「呑気なこと言ってる場合か！」

塊は大きく、左足はほとんど見えないほどだ。久則は慌てて駆け寄り石をどかそうとしたが、かなりの重量がありなかなかうまくいかない。

「やみくもに……持ち上げようとするんじゃなくてさ……テコの原理を使うとかいろ

いろ方法があると思うんだけど」

「わかってるよ！　今やるよ！」

使えるものを探そうと腰を浮かせようとしたとき「大丈夫か」と声がかかった。顔を上げると、いつの間にか見知った商店街の面々が周囲を囲んでいる。

「あ……」

まったく気づいていなかった。人々はあとからあとから集まってきて、辺りにはちょっとした人だかりが出来つつあった。

「いまどけるからな！」

八百屋の主人がそう言うのを合図に、何人かが石の塊に取りかかった。

大人の男数人がかりで持ち上げれば、大きな石も取り除くのにそう時間はかからない。重しがなくなってかえって痛みが増したのか、顔をしかめる正臣を鯛焼屋の主人が心配そうに覗き込んだ。

「兄ちゃんごめんな、大丈夫か」

「ごめんなって、なんで謝るんだ？」

久則が尋ねると集まった大人たちの顔が曇った。気まずい沈黙があり、申し訳なさそうな視線がちらちらと向けられる。

「それがね、この石碑は前から危ないって話が出てたんだ」

「土台のところがずいぶん腐食しててね、このままじゃいつか倒れるからなんとかしないとって、この間もみんなで話し合ったばっかりだったたんだよ」

「はぁ!? じゃあ危険と知ってて放っておいたってのかよ！」

冗談ではない。久則は思わず声を荒げた。

「いや、でもそんなにすぐ倒れるとは、それに補強も……」

「現に倒れてるじゃねぇか！　正臣は怪我したんだぞ！」

頭にカッと血が上り、久則は思わず一番近くにいた八百屋に摑みかかりそうになる。

「久則……いいよ」

「いいわけあるか死ぬとこだぞ!!」

体を起こそうとする正臣を怒鳴りつけると、従兄弟は少しだけ笑った。

「それはそうとさ……いいニュースと悪いニュースがあるんだけど、どっちから先に聞きたい……？」

「知るか!!」

「…………」

微妙な沈黙が流れた。怪我人はなんだか不満そうである。

「……いいニュースの方で頼む」

「そこ……自転車の前輪を見てみなよ」

掠れた声で言われ、久則は倒れた石碑の方を振り返った。

つい先程まで乗っていた愛車は、無残にも石の塊に押し潰されひしゃげている。中学の時から三年間、雨の日も風の日も共に登校した仲であったが――まぁこれを期に買い換えられるのは嬉しい気もするがそれはさておき。

石碑の隙間から飛び出している前輪、それを支えるホークの部分に、何かが見えた。

小さなフック。そんなものをつけた覚えはまったくない。首を捻った久則は、その先の空間で何かが光ったのに気づいた。

「これ……テグスか？」

手を伸ばすと指先に細い糸が触れる。その片方の先はフックに、もう片方の先は倒れた石碑の方に伸びていた。補強に使っていたのだろう、バラバラになって転がる鉄パイプに繋げられているのがわかる。

その意味を悟《さと》って、心臓がどくんと音を立てた。

「たぶん……そのパイプに細工して倒れやすくしてたんじゃないかな。……自転車にテグスを引っかけて、あとは大雑把で注意力がなくて力だけは無駄に強い持ち主が深く考えずに自転車を引っ張れば……どーん」

「なんか酷い言われようなんですけど」

「足が潰されてんだよ……皮肉くらい言うさ」

「悪かったよ。けどそれのどこが『いいニュース』なんだよ」

久則は倒壊した石碑を改めて見た。破片だけでも数キロの重さがある石の塊、悪戯で済むことではない。これは誰かが悪意を持って久則たちを傷つけようと、いや、殺そうとしたということだ。考えただけで総毛立つ思いがし、喉はいつの間にかからからに渇いていた。

「だってね……これは人がしたことだよ」

正臣は顔を歪め、起こしかけた体をまた横たえる。足が相当痛むのだろう。誰かが「救急車を呼んだぞ」と言う声がした。

「たぶん……これは〈白くて四角〉なんだと思う。〈赤い場所〉は僕たちが知らない間に終わってたのかもしれないね。……そうであっても、そうでなくても……誰かが前々から準備して、僕たちが自転車から離れた隙を突いてテグスを引っかけた。……〈言霊〉なんかじゃないってことさ」

「え……？」

「喜べよ久則。誰かが裏で糸を引いてるってことだ。三条さんと付き合ったら不幸になるなんて、心配しなくて……いいんだ」

遠くからサイレンが聞こえてくる。周囲を囲んでいた人々が道を空ける。

「あと……悪いニュースの方なんだけど……ね」

そこまで言ったところで担架を持った救急隊員が到着し、久則は脇に押しやられた。

第六章　近づく

有亜は急いでいた。約束の時間までにはまだ間があるが、無理を言ったのだから待たせるわけにはいかない。

駅からの短い坂道をとととと駆け下りて、信号を待ちながら乱れた髪と服を直す。時間を確認し、久則はもしかして先に来ているかもしれないと考えた。授業が終わったとたんに猛ダッシュする姿が予想できる。これから暗い話をしにいくのだというのに、心のどこかにうきうきしている自分がいることに気づいて有亜は驚いた。

「久則くんは面白いから……かな」

それともこれも、自分がおかしくなっていることの証明なのだろうか。

冬の青空を見上げ、話すべきことを頭の中で反芻《はんすう》した。昼間の電話のように支離滅裂にならないようにしないといけない。まず話すべきは、昨日のこと——

昨日、夜道で悲鳴を聞いた有亜は、急いで戻ったその先で、見た。

赤い光の中で人が倒れていた。

点滅する明かりの中、アスファルトの上に尻餅《しりもち》をつくようにしていたのは若い男だった。両足を投げ出し、脇腹を両手で押さえていた。

「大丈夫ですか⁉」

有亜は悲鳴に近い声を上げながら駆け寄った。自分の声のはずなのに、ひどく非現実的なものに感じられる。男の耳から外れたイヤホンが道に転がっており、そこからざわざわとした音が漏れ聞こえていた。

「あいつ……こんなところにまで……」

ぼそりと呟く声。男は驚いたような顔を道の奥に向けていた。つられて視線を向けた有亜は、気づいた。

電柱の陰に何かいる。

目が合った、一瞬そう思った。そのとたんに〈何か〉は身を翻し、気配は路地の向こうに走り去る。

「あ、待っ……」

有亜は思わずそちらに体を向けた、が、その瞬間にコートを掴まれた。

「危ないよ」

「でも……」

振り返るとそこに、自分を見上げる青年の顔があった。

瘦せた頰、四角いフレームの眼鏡、短い髪。

あれ？　顔に見覚えがある。有亜は確かにそう思った。誰だろう、どこかで会った？　いや、やはり初めて見る顔だと思い直した。

「でも、今……」

言ってから有亜は初めて青年の脇腹を見た。コートと服が切られ、うっすらと血が滲《にじ》んでいるのがわかる。鋭利な刃物でつけたような傷だった。

やはり刺されたのだ。〈予言〉通りに。そう思ったとたん体から力が抜けそうになる。防げなかったのだ。結局、無関係の人間を巻き込んでしまった。

しかしへたり込んでいる場合ではなかった。今逃げた相手をなんとかしなければならない。

「警察に電話します」

携帯を取り出そうとしたが、その手は横からそっと押さえられた。

「いいんだ、誰か、わかってるから」

「あの、でも」

戸惑う有亜の前で、青年は地面に片手をつきゆっくりと体を起こした。起き上がれる程度の怪我なのかと安堵しつつ、有亜は動かない方がいいのではと焦る。大丈夫なのかと尋ねると彼は笑った。

「心配ないよ。有亜」

その言葉に、有亜は頭をがんと殴られたような衝撃を受けた。

驚いて青年の顔を見た。なぜこの人は自分の名前を知っているのだろう。やはりどこかで会ったのだろうか。改めて見返した顔はやはり初対面の人間のもので、しかし男はもう一度笑った。

ひどく親しい相手を見るような目だった。

「あの……」

「つっ」

彼は顔をしかめ脇腹を押さえる。

「大丈夫ですか⁉」

有亜は慌てて膝をついた。さっきから同じ言葉しか言っていない。

「大丈夫、服の上からだから傷は浅いよ」

確かに、傷は正面から突き刺されたものではなく掠ったもののように見えた。出血も少ない。有亜は少しだけほっとした。

「それよりボクは有亜に心配してもらえたのが嬉しいなあ」

青年は切り裂かれた上着を持ち上げながら、元気づけるための軽口といった様子で言う。しかしどう反応すればいいのか有亜にはわからなかった。

「ははっ。この服はもう着られないだろうな」

「あの……私のこと、知っているんですか」

おそるおそる尋ねると、彼は心底驚いた顔をした。

「何言ってるんだよ。ボクが有亜を知らないわけがないだろう？」

やはり知り合いなのか。そう思ったが相変わらずまったく思いだせない。混乱しどうしていいかわからなくなる有亜に、青年はにっこりと微笑《ほほえ》んだ。

「それより早く行った方がいいんじゃないかな。お母さんも心配するし、明日は部活朝練なんだろ？」

「どうして……そのことを」

「自分が言ったんじゃないか。有亜の言ったことは忘れないよ」

そんなはずはない。部活のメンバー以外と明日の朝練の話をしたことは絶対にない。

しかし目の前の男は何の迷いもないように堂々としていて、自信に満ちた目で有亜を見ていた。

おかしい、と思った。

とたんに体がぶるりと震え、有亜は思わず身を引いた。青年は不思議そうな顔をする。眼鏡越しのその目は「どうしたの？」と言いたげだった。

外れたままのイヤホンからは相変わらず何かのざわめき。人の話し声だろうか、ざわざわざわざわ、内容は一つも聞き取れず、さざ波のような音は有亜をますます混乱させた。

そのとき、唐突に思い出したことがあった。

あの一年生が、佐緒里が言っていなかったか？　校内で男性と話している有亜を見たと。

——大学生くらいの男の人です。背が高くって、痩せてて、四角いフレームの眼鏡をしてるのが見えました。心当たりはないですか——

彼女が語った外見は、今目の前で立ち上がる青年のものではないのか？

有亜は思わず口元に手をやった。体中で、血管がどくんどくんと脈打っているのがわかる。

「あの……」

記憶が、なくなっている？

そんな馬鹿な。そんなことがあるはずがない。視界がぐらりと歪み、いつの間にか膝をついていた。

「大丈夫？　アパートまで送ろうか？」

優しげな声が頭上から聞こえ、この人は私の家まで知っているのかと、さらなる混乱のために有亜は完全に立てなくなった。

どうやって家に帰ったのか、頭に霞がかかったようでよく覚えていない。男に手を引かれて言われるままに道を歩いた記憶はあるのだが、現実にあったことだという気がしないのだ。

そして、今朝。有亜は薄暗がりで目を覚ました。

びっしょりと全身に汗をかいていた。何が夢で何が現《うつつ》かわからず、鳴り続けている目覚ましの音だけが奇妙に現実的だった。

……朝練、行きそびれちゃった。

自己嫌悪がじわじわと湧いてくる。ほとんど惰性で制服に着替え、ちらりと机の上を見る。

〈それ〉は変わらずそこにあった。

小さなピアス。片方はウサギで、もう片方は人参《にんじん》。以前なくしてしまったはずのそれは、昨日ふらふらになりながら部屋に入ったときから既に机の上にあり――

有亜は急いで目を逸らし、朝食の準備をするためにリビングに向かった。

平日の朝は時間との戦いになる。授業にまで遅刻するわけにはいかない。味のしない朝食を喉に押し込み、てきぱきと身支度を調えて、母と一緒に外に出た。

いや、出ようとした。

「有亜、これ状差しに入れておいて」

靴を履こうとしたところで、母親がポストから広告と手紙の束を引っ張り出した。

「また本が入ってるのかと思ったけど広告ばっかりね。あらやだ、前の人宛てのがまだ来てる」

「今度大家さんに言っておくね」

差し出された紙束を、有亜はなにげなく受け取ろうとして、凍りついた。

一番上の物に視線が吸い寄せられていた。それは近所に新しくできたクリーニング店のチラシで、手書きの一色刷。よくある平凡なデザインのそのチラシは、ただ、白い紙に青いインクで印刷されていた。

青——

ただそれだけのことだった。内容におかしなところがあったわけでもなく、ただの一枚の紙。ただそれが青いというだけで、限界がきた。

ふらり、と体が傾く。いつの間にか視界はぐるぐると回っていて、気がつけば床に座り込んでおり——

昼に久則に電話するまでの間、有亜はただ時計だけを見ていた。目を逸らすと針が飛んでしまうのではないかと、それが無性に怖かったのだ。

いつの間にか信号は青に変わっていた。青信号の残り時間を示す砂時計表示は半分以下になっており、後ろから来た人々が少し迷惑そうに有亜を避けて歩いて行く。

有亜は慌てて横断歩道を渡り、待ち合わせ場所を目指した。鯛焼きにかじりついている久則を想像する。「有亜も食べるか？」という言葉が聞こえるような気がする。

が、途中、神社の前が騒がしいのに気がついた。

何かがいつもと違う。人々が迂回《うかい》するように歩いている。

不思議に思い、近づいてわけがわかった。あのモノリスのような石碑が倒れていたのだ。高さ三メートルはあった石の塊が見事に倒壊しており、道の半分を塞いでいる。道行く人は皆その様子を覗き込んではざわざわと話していた。

「ひどい……」

一緒になって覗き込んだ有亜は、倒れた石の下にひしゃげた自転車があるのに気づいて息を呑んだ。前籠を除きほとんどぺたんこになっている。怪我をした人はいなかったのだろうか。

破片を片づけていた人にそう尋ねると、人の良さそうな男は困ったような顔をした。

「それがね、高校生が救急車で運ばれたんだよ。よくうちの店にも来てくれる子でさぁ。ヤスちゃん、あの子なんていったっけ」

立入禁止の看板を運んでいた男が答えた。

「ああ、波河くんだね」

その名前を聞いて、有亜は息を呑んだ。

真っ青になって振り返ると、潰された自転車が再び視界に入る。それは間違いなく何度も見た久則のもので、有亜は思わず声を上げた。

変形した籠の中に、鯛焼きが一つ入っていた。

「あの、すみません。運ばれたのはどこの病院ですか？　怪我の程度とかは……」

周囲の人間に声をかけたが、皆わからないと首を振る。焦って周囲を見た。電話は……駄目だ、出られる状況ではないだろう。そうしている間にも大きな塊がどけられ、潰された自転車が露《あらわ》になる。丈夫なはずの金属部分が完全にぺたんこになっているのが見え、有亜は背筋がぞくりとするのを感じた。

……私の、せい？

昼間のあの電話で、自分が久則を〈友達〉と呼んだことが思い出された。

頭上でカラスがギャアギャアと鳴いている。下の騒ぎに興奮しているのだろうか、顔を上げると、鳥居の周りを何匹も旋回しているのが見えた。

それが無性に不吉なものに感じられ、迷信だと首を振る。やはり自分はまったく頼りになどならない、有亜にはそう思えて仕方がなかった。

どのくらい経っただろうか、ポケットの中で携帯が振動していることに気がついた。

「誰……？」

嫌な予感が頭をかき回し、鞄を持つ手に力が入った。画面を確認するのがひどく恐ろしいことのように感じられる。有亜はキリと唇を噛み、覚悟を決めて携帯を取り出した。

予想に反して、表示されていたのは久則の名前だった。

驚いた。病院からかけてくれたのだろうか。鞄を取り落としそうになりながら、有亜は慌てて通話ボタンを押した。彼は大丈夫なのだろうか、律儀に待ち合わせのことを気にしているのだろうか、それとも、怒っているのだろうか。

「有亜〜」

が、電話から響いたのはとびきり呑気な声で、有亜は思わずまじまじと携帯を凝視してしまった。見ていては通話ができないのでそっと耳に戻すと、やっぱり呑気そうな声がする。

「すっぽかしてごめんな。連絡すればよかったんだけど、ちょっとそれどころじゃなくてさ」

「久則くん⁉　なんで、どうして、怪我は⁉」

我に返った有亜は慌てて訊き返した。久則の声は驚くほど張りがあり、とても元気そうに聞こえる。

「なんだ知ってたのか。今病院なんだけどさ。ま、この感じなら大丈夫かなって」

「平気なの⁉　だって石碑の下敷きになったって……」

不思議そうだった久則の声は、やがて合点がいったような笑いに変わった。

「ああ、そっか。違うよ。怪我したのはさ、正臣の方なんだよ」

有亜は目を瞬いた。

「そう……か。どっちも『波河くん』なんだっけ」

自分でも驚くほど、体から力が抜けるのがわかる。有亜は思わず天を仰いだ。

「怪我したの、久則くんじゃ……なかったんだ」

「ああ。俺はかすり傷。まぁ有亜が心配してくれるならどんな怪我だって一日で治してみせるけどな」

「もう。……でも、無事なんだね？」

「ああ、元気だよ」

「本当に、大丈夫なの？」

「余裕余裕」

「本当の本当？　絶対絶対だね？」

「平気だって」

「怪我、久則くんじゃなかったんだ……。よかった」

ぽろりと唇から言葉が漏れ、有亜ははっとなって口を塞いだ。みるみるうちに自己嫌悪が襲ってくる。

「ま、正臣くんの調子は、どうなのかな」

「今治療中なんだけどさ、聞いた感じだと骨折だけで済みそうだ」

「そっか……。あの、やっぱりこれって……」

「そんでさ、今日話聞けなかっただろ、よかったら明日会えるか？　正臣もできたら連れて行くから」

「あ……うん」

有亜は少し戸惑って、頷いた。

「会いたい」

「そっか。じゃあどうしようか。正臣の体調があるからできれば……」

「よかったら家に来てくれるかな。その方が落ち着いて話ができるし」

携帯を持つ手に力を込めて、そう言った。


「全治三ヶ月だってさ」

左足をギプスでぐるぐる巻きにした正臣は、診察室から出ると肩をすくめてそう言った。

「ごめんな、俺がもうちょっと気をつけてれば」

「久則が僕に謝るなんてこれは明日は槍《やり》が降るね。自分の能力以上のことをしようとしたって無理なんだから気にするなよ」

「……なんでだろう、フォローされているはずなのにものすごくムカつくのはなんでだろう」

「というか久則が突き飛ばさなきゃ僕は下敷きになってたんだから、ここはむしろ感謝しろと要求すべきところじゃないのかな」

「お前それはもしかして礼なのか」

会計には正臣の母親が向かったので、二人並んでロビーで待つ。従兄弟の顔色が思ったよりもよかったので、久則は気になっていた質問をすることにした。

「悪いニュースって、なんだよ」

正臣は「飲食可」の看板を確認すると、ポケットから潰れたカニパンをひっぱりだして膝に載せた。

「言ったろ、人がしたことだって」

「ああ、だけどさ」

「もうちょっと早くこの可能性を検討すべきだったね。〈偶然〉でも〈言霊〉でもなく、全部誰かがやってるってことをさ」

「あのさ、意味がよくわからないんだけど」

ビニール張りのソファーの上で久則は戸惑った。年季が入っているせいか、詰め物が偏っていてどうにも安定感が悪い。

「そりゃ、あのモノリスは誰かがやったことだよな、最初の窃盗ももちろん犯人がいるはずだし、この間の火事も放火っぽい。だけどそれって〈偶然〉俺たちの周りで予言通りのことが起きてるか、〈言霊〉のせいで本当ならやらないはずの犯罪をしている人がでてきてるってことで」

「そうじゃなくてさ、予言の内容を知っている人物が、裏から手を引いて全部の予言を再現してるってことだよ」

正臣が続けた言葉に、久則は戸惑いを通り越してぽかんとしてしまった。

「いや、それは無理があるだろ」

自分が突っ込めることを言うなんて正臣らしくもない。そう思いながら指摘すると、前髪の下の目が少し不思議そうに久則の顔を見た。

「だってさ、電話が有亜に繋がったのも、その後俺が彼女に会ったのも一目惚れしたのも全部偶然だろ。流石に人が裏からどうこうするのは無理」

「僕もそう思ってたんだけど、全部が全部人為的じゃなくたっていいんだよ。例えるならこういうことさ。ダイスを三回振ってたまたま同じ目が出たとする。そのくらいなら偶然にも起こることだろ」

　正臣はそこで言葉を切り、カニパンの胴体を二つに割った。

「で、ここによからぬことを考える人が登場します。その人物はその時点でダイスに何の細工もないことをみんなに確認させておいて、次からは同じ目が出るイカサマ賽《さい》にすりかえる。そうすると連続で何十回も同じ目が出続けることになるわけだけど、一度確認した後だから皆イカサマだとは疑わないで、まるですごい奇跡が起こってるみたいになるってわけ」

　淡々と続けつつ、膝の上で必要性がイマイチわからないカニパン人形劇を繰り広げる。一応筋は通っているようだったが、しかし久則は納得がいかなかった。

「けどなぁ」

「前にも言ったけど窃盗なんてしょっちゅう起こってることだし、人為的にどうこうするのが無理なのって久則の一目惚れと神田さんの階段落ちくらいなんだよね。あとは〈予言〉さえ知ってれば再現可能なことばっかり。神田さんだって嘘ついてないとは限らないわけだし」

「まてまてまて」

　久則はパンを操る手を制した。正臣は彼をちらりと見ると、パン人形を二つとも口に放り込む。

「簡単に言うけどな、毎回火付けたり人刺したりするんだろ、すごい大変だぞ。そんなことしてそいつに何の得があるんだよ」

「理由なんて当人にしかわからないさ。だけど〈言霊〉なんて非科学的なことよりそっちの方が説得力があるだろ」

「その非科学的なことを最初に言い出したのは正臣だろ」

「過ちに気づいたらいつでも道を戻らないとね」

確かに久則にとっても得体の知れない力が事態を引き起こしていると考えるよりも、生きた人間が裏にいると考えた方が安心するものがある。

そもそも〈言霊〉自体半信半疑だったのだし、正臣の意見はむしろ歓迎だった。

「でもさ、それのどこが悪いニュースなんだ？」

久則は背もたれに体重をかけた。自分でも表情が明るくなるのを感じながら尋ねると、正臣は肩をすくめる。

「前に言ってたよね。僕たちの他に〈予言〉の内容を知ってる人間はいないって」

「ああ」

有亜も一人の友人にしか話していないと言っていた。

「犯人が何者であれ、内容を知ってなきゃ話にならない。これがどういうことかわかる？」

「どういうことって……」

言いかけて久則は言葉を切った。

嫌な予感に正臣を見返した。胃に鉛を飲み込んだような重い感覚があったが、従兄弟は涼しい顔をしている。

「お前、もしかして赤城と青田を疑ってんのか？」

正臣は顔色を変えることもなく頷き、それを見た久則は大きく息を吐き出した。

「あのなぁ。あいつらがそんなことするわけないだろ。理屈っぽいのはいいけどさ、そういうのお前の良くないところだぞ」

「ね、悪いニュースだろ」

正臣は少し肩をすくめただけだった。

廊下をワゴンを押した看護師が通っていく。カタカタと医療器具が音を立てる。

見舞客の一団がその後に続いて通り過ぎるの横目で見て、正臣は淡々と言葉を紡いだ。

「正確にはその二人と三条さんの友達だね。現時点で〈予言〉の内容を知っているのはそれだけなわけだし。ま、彼らが別の誰かに話したって可能性もなくはないけど、その場合内容が正確に伝わるのは不自然だし、容疑者は三人にしぼって問題ないでしょ」

「筋は通ってるかもしれないけどなぁ」

「最初からこっちの可能性を考慮するべきだったたね。馬鹿だって言われても仕方がないよ」

どうやら本当に本気らしく、久則は戸惑った。正臣は赤城たち二人とはあまり親しくはなく、むしろ彼らのバカ騒ぎを嫌悪しているところがあったが、正臣が好き嫌いで人を容疑者扱いする人間でないことは久則にもわかっていた。

「久則は？　どう思う？」

「どうって、あいつらは違うよ。そんなことする奴らじゃない」

「主観はなしでお願いできませんかね」

「主観ったって、そういうのはなんとなくわかるもんだろ」

「それはそれは、たいそうですこと。久則がいれば警察はいらなそうだね」

やれやれと頭を振られる。これには久則も少しムカっ腹が立った。

「〈予言〉を知ってるヤツが怪しいっていうけど、それだけじゃ無理だろ。赤城たちは俺が有亜と出会ったことだって知らないんだぜ。〈予言〉だけじゃなく、電話の相手が有亜で、しかも俺が最近彼女に会ってることまで知ってなきゃ」

「どうかな。久則は黙ってたつもりかも知れないけど、実際のとこバレバレだったんじゃないの？」

「ぐ」

「いつだったか屋上で僕に話したのを偶然聞いてたんでもいいし」

「……俺が正臣に相談したのは最初の窃盗事件の後だろ」

「その窃盗事件まではただの偶然でいいって言っただろ。他のは三条さんの見ている前とか、必ず見る場所で起こってるけど、窃盗は学校が同じだけなんだから偶然の可能性の方が高い。階段落ちまでが偶然と考えるなら、その後三条さんと路上で話してたのを聞かれたってのもありだよね」

「ぐう」

「で、あの二人の様子に最近不審なところはなかった？」

まったくない、と言おうとして久則は言葉に詰まった。

最近二人はどうだったろう。久則は有亜のことで頭がいっぱいだったから、三人で遊ぶ回数もずいぶん減った。最後に三人で会ったのはお好み焼き屋で、赤城はいつもと変らずひょうひょうとしており、青田は——

……そういえば最近、あいつ携帯使ってることが多いな。

少し嫌な予感がした。彼女ができたという話だから、携帯の使用頻度が上がること自体は別におかしなことではない。しかし、赤城も青田の彼女を知らないと言っていた。青田はあまり自分のことを喋らないタイプではあったが、顔も名前も教えないのは流石におかしいのではないだろうか。

久則は思わず口元に手をやりかけ、従兄弟に勘づかれてはいけないと慌てて下ろした。一度考える始めると思考は嫌な方へ嫌な方へと転がっていく。久則は正臣の涼しい顔を少し睨んだが、そのときふと、以前見知った背中が旧校舎裏に消えていくのを見たことを思い出した。

あの痩せた猫背の——

あれは、青田だ。彼はあんな場所に一体何をしに行ったのだろう。

入学早々三人で校内中を調べたから知っていたが、旧校舎裏には本当に何もないのだ。蜘蛛《くも》の巣の張った細い通路を通らなければならないから、孤独を愛する生徒さえ近づかない。

「ていうかさ、そもそも三条さんに電話がかかったのって、偶然なのかな」

「へ？」

「電話番号ってどうやって決めたの？」

そう尋ねられて、久則は思い出した。

電話番号はランダムだったはずだ。自分が話し終わったら適当に番号を押し、次の人間に手渡す。相手が出なかったらパスで、また番号を押して次に渡すというルールだった。

その順番は赤城、青田……そして久則。ということは、有亜の番号を押したのは青田なのだ。

そのことに気づいた瞬間、久則の背中に汗が噴き出した。もしも有亜の番号が押されたのが偶然でなく、青田が意図的に彼女の家にかけたのだとしたら？

混乱した。意味がわからない。青田がそんなことをする理由がない。

「ぐ、偶然に決まってんだろ。あいつらにもおかしなところは全然ないよ」

なんとか言葉を絞り出したが、頭は別のことを考え続ける。そういえば赤城や青田とはよく理想のタイプの話をしていて、二人とも久則の好みをよく知っていた（ちなみに青田は年上好みで赤城はドMだ）。有亜を見ればすぐにそれとわかるかもしれない。それに初めて彼女に会った日、担任に声をかけられたのは偶然だと思っていたが、誰かが担任に遅刻の罰として久則に手伝わせればよいのではと進言していたとしたら――

「ふうん。全然ない、ね」

正臣は内心の動揺を見透かしているかのように、どこか揶揄《やゆ》するような口調で言ってきた。その言い方に久則は焦る。あたりまえだと自信をもって頷けない自分に苛立ちを感じた。

「中学からずっと一緒なんだぞ、親とか教師に怒られたときだって二人とも責任逃れなんて絶対したりしない、いつもふざけてるけどそういう奴らなんだ。それが……」

「過去のことが何かの証明になるとも思えないけど」

正臣はパンの袋を畳んでしまうと、少し意地悪そうに笑った。

「知ってる？　久則ってさ、昔から何か都合の悪いこと隠そうとするとき右手で左手をギュッと摑むんだよね、今みたいにさ」

そう言われた瞬間、久則は頭の中で何かがプチリと切れるのを感じた。

「うるっせぇな、何でも知ってるみたいな顔して」

勢いよくソファーから立ち上がる。

「そんなにあいつらを疑うなら、火事とかモノリスが倒れたときに二人がどこにいたか調べてやるよ！　まっすぐ帰ってたらあいつらには無理だろ!!」

「ま、一応はね」

脇に置いていた鞄を取り上げ、肩をすくめる正臣を睨んだ。

「正臣はそんなだから友達いないんだよ、バーカバーカ、お前のかあちゃんでーべーそー！」

捨て台詞と言うにはあまりにも幼稚な一言を残し、久則は勢いよくロビーを飛び出していた。

そして、あっという間に後悔した。

……友達いないとか、言っちゃいかんよな。

あとで謝ろうと思いつつ、久則はトボトボと病院の玄関を出、携帯の電源を入れた。

メールが一件。送信者を見て複雑な気分になった。

「青田……」

こちらから連絡を取るつもりだったのだから好都合ではあるのだが、疑う気持ちを見透かされたようでひどく気まずい。

おそるおそる中を開いてみたが、件名はなく、本文は一行だけだった。

『どこにいる電話よこせ』

青田は元々そっけない人間だから、内容自体に違和感はない。しかし普段電話やメールではほとんどやりとりしない相手だけに不安があった。

「……もしもし、青田か？」

「おー。繋がった繋がった」

数回のコールで電話に出た声はいつも通りのもので、久則はほっと胸を撫で下ろす。気の緩みから、思わず病院の門に手をついた。

「なんだよ、メールなんかして」

「なんだよじゃないだろ。昼にも放課後にも教室にいないし、何やってんだよ」

青田は少し苛ついたような声で言ってきた。

「あ……悪い」

「まあいいけどさ、前にイタ電に使った携帯、探せって言ってただろ。見つけたからさ、早く知らせた方がいいのかと思って」

「わざわざ連絡してくれたのか、ありがとな。お前やっぱり良いやつだな」

「おいおい。やっぱりってなんだよ」

「今から家に取りに行ってもいいか？」

久則はちらりと時計を見た。アリバイを確認するにも直接会った方が都合が良い。

「今市立病院だから、十分くらい……いや三十分くらいで着くからさ、頼むわ」

通話を切り、久則はバス停に顔を向けた。彼の気分を代弁するかのように、空は曇り始めていた。


「よお」

引き戸の玄関を開けたのは青田本人だった。すっかり部屋着に着替え、片手にはあの日拾ったシルバーの携帯を持っている。

「何？　黄河、お前徒歩で来たの？」

そう尋ねる表情はごく自然で、石碑のことを知っているようにはとても思えなかった。

「まぁちょっとな。それはそうと青田、彼女できたんだって？」

久則はできるかぎり普段通りの口調で言ったはずだったが、青田の顔が一瞬引きつった。彼は眼鏡をくいと上げると、心なしか視線を逸らす。

「どうせ赤城が言ったんだろ。あいついい加減なんだから真に受けるなよ」

「またまたぁ。最近しょっちゅう電話かけてんじゃん。お前普段はそんなにマメじゃないだろ」

「ひでえな。いいだろ、人それぞれプライバシーってものがあるんだ」

それはそうなのだが、改めて「プライバシー」などと言われると引っかかる。久則はサンダルをつっかけて土間に立つ友人をちらちらと見ながら言葉を探した。

「なぁ、青田」

「赤城のいい加減さったらないぞぉ。あいつに例の彼女のどこが好きだったのか訊いたらさ、『制服』だと。とにかく柊女子の子連れて歩きたかったんだとさ」

「あの野郎……次も振られちまえ」

「俺たち本気で心配したのにな。ま、そこがヤツの味でもあるわけだけど。ほれ携帯」

「あ、ああ」

促されて手を出すとポンと上に置かれる。傷だらけの携帯は間違いなくあの日拾ったものだった。

「けどなぁ、電源つないでみたけどそれもう使えなくなってたぞ」

「え」

「解約したんだろ、あれから一ヶ月くらい経ってるし」

確かにそれはそうだ。久則は困ったなと思いつつ携帯電話をポケットにしまった。

そして、できるだけ自然に見えるよう、今思いついたといった態度で友人の顔を見た。

「なあ青田、変なこと訊いてもいいか？」

「なんだよ、俺これから出かけるんだけど」

「今月の二日と四日、それから今日の放課後すぐ、お前どこにいた？」

眼鏡の下にあからさまに不審げな表情が浮かぶ。沈黙を居心地悪く感じたのは、久則の心に疑いがあるためだろうか。

青田はしばらく経ってから口を開いた。

「今日はお前の教室行って、居なかったから帰ってきたよ。その前のことは覚えてない」

「そこをなんとか」

「日記つけてるわけでもないし無理だ。もういいか？　あんまり時間がないんだよ」

とりつくしまもなく、久則は肩を摑まれ半ば追い出されるように外に押し出された。

「じゃ、また来週な」

「え、おい！　ちょっと！」

「……誰かがどこかで俺を見たとか言ってたのかもしれないけど、それきっと見間違いだから」

青田は最後まで久則の顔をまっすぐには見ず、そして戸は閉められた。


「正臣。いるか？」

片手にひよこ饅頭《まんじゆう》、片手にシルバーの携帯を持った久則がドアから顔を出すと、籐《とう》椅子《いす》の上の正臣は複雑きわまりない顔をした。

「ひよこ持ってきたぞ。お袋が見舞いにって。好きだろ？」

正臣の家。青田のところから一度は病院に向かった久則だったが、既に帰宅したと聞かされて、直接従兄弟の家を訪ねることにしたのだった。途中で雨が降り始めたが、饅頭だけは死守に成功する。

「でもよかったな、俺一日くらい入院するんじゃないかと思ってた」

勝手知ったるなんとやらで黒いラグの上にどっかとあぐらをかくと、正臣はますます渋い顔をした。

「……僕たちってさ、さっき喧嘩別れしたんじゃなかったっけ？」

「え、ああ、それはそれ見舞いは見舞いだろ。俺も友達いないとか言ってごめん」

久則がぺこんと頭を下げると、彼は呆れたようにため息をついた。

「血液型占いくらいばかげたものはないと思うけど、久則を見てると間違いなくB型だろうなって気がするよ」

「何言ってんだ。俺A型だぞ」

「それはぜひ全校の女子に知らしめるべき衝撃の事実だね」

正臣はさっそく開けた饅頭の包装紙を丁寧に畳み、セロテープをきちんと外すと、軽くスピンをかけてステンレスのゴミ箱に放り込んだ。

「で？　二人のアリバイは確認できたの？」

窓の外で雷が聞こえる。風も強くなったようだ。

「青田とは会ったけど赤城は時間的に無理だった。青田も今日はまっすぐ家に帰ったって言ってたけど、前のことは覚えてないって」

「それじゃなんにもならないね」

正臣はひよこをほおばりながらもごもごと言うと、何かを期待するような目で久則を見た。

「お茶ない？」

「水分無しでひよこはキツイって食べる前に気づけよ」

彼はしばし無言で胸を叩いていたが、やがてふうと息をついた。

「しかし、この短時間で青田のところに行ってこられただけでもたいした足の速さだ」

「へへへ、これでも昔南中のバシリスクと呼ばれたことがあるからな」

「初耳だね。そんなにすごいなら陸上部から勧誘されそうなものだけど」

「それが一度入りかけたんだけどさ、『お前はチームワークを乱すから』って仮入部で弾かれちゃって」

「……よりによって陸上部にそれを言われるあたりが」

「ほっとけ」

久則は持ってきた携帯をガラステーブルの上に置いた。

「相変わらず人間が住んでるとは思いがたい部屋だな」

モノトーンで統一された正臣の部屋は驚くほど生活感がない。この世に菓子の空袋の一つも落ちず、脱いだ服も積んでいない部屋があるとは、久則にはどうにも信じられなかった。統一感から外れているのは、机の隅に置かれている女物のブランド紙袋くらいのもの。

「これ、イタ電に使った携帯。青田から預かってきたんだ。ちゃんと探したんだって。な、あいつ悪い奴じゃないだろ」

「それだけじゃ証拠にはなんないでしょ」

正臣は口の中に残っていた饅頭を飲み込むと、携帯電話をひっくり返し、しげしげと見た。

「解約されてるらしい」

「だろうね。アドレス帳覗けば持ち主を捜せるかもしれないけど、プライバシーの侵害だし、警察に訳を話して届けるしかないでしょ」

「ああ……」

久則は少し落ち込んだが、仕方がないと顔を上げた。

「ま、これからはもう少し後先考えて行動することだね。さて、ちょっと中見せてもらってもいいかな」

「お前、今見るなって」

「イタ電の履歴が知りたいんだよ」

正臣はよっこらと椅子の上で姿勢を正すと、リダイヤル画面を開いた。

「ふうん、よかったね。かなり多く件数が保存される機種だ。三条さんの番号ってわかる？」

「暗記してる」

「キモ」

「うるせぇよ」

やがて正臣は「あった」と小さく呟き久則に携帯を差し出した。表示されているのは間違いなく有亜の家の固定電話の番号。日付は十一月十一日。悪戯電話をかけたときの履歴で間違いはない。

「適当な番号を押しては回したって言ってたよね。押した番号が使われてないやつだった場合は？」

「外れってことで次のヤツに回した」

「ってことは、正確に二つおきで順番が回ってくるわけだ」

久則は頷いた。適当に押した番号はそうそう当たらないので、電話ばかりをぐるぐる回したこともあった。

正臣はしばらく無言で上下ボタンを押し続けていたが、やがて小さく頷いた。

「みんな固定電話が多いね」

「ああ、携帯は知らない番号だと出ないヤツ多いし」

久則も画面を覗き込んだ。久則もそうだったが他の二人も近所は避ける心理が働いたのだろう、ざっとみたところ隣町の市外局番が多い、有亜の番号もそうだ。

「これだけ隣町にかけてれば、電話の相手と偶然会う確率もそう低くはなかったかもね」

「じゃあ、有亜に繋がったのはやっぱ偶然で」

「早急。あ、そこのメモとってくれる？」

久則は机の上から白一色のメモ帳を取り上げると、画面をスクロールさせ続ける正臣に渡した。

「でたらめな数字を一から考えるのって案外難しいんだよね。途中で番号被りそうにならなかった？」

久則はちょっと考えて頷いた。そういえば、そうだ。何回もかけているとどうしても同じような数字ばかりになってしまい、結局自宅のものを一桁《ひとけた》ずつ変えた番号を押したりした。

「うん、何度もやると似通ってくるんだよね」

正臣は少し満足そうに、なにやらメモをし始める。

「三条さんの番号からたどって、青田の押した番号を抜き出してみるね。最初の頃はまったくバラバラだけど、みんなこの辺から面倒くさくなったんだろうな、ほら、134679とか172839とか、多いだろ」

久則は覗き込んで納得した。キーを上下に順番に押したり、左右に押したりしたものだ。

「さらにそれもネタがなくなったのか、ここから番号が似通い始めてる」

本当だ。＊＊＊―52―3＊47、＊＊＊―53―3＊47など、

「元になる番号があって、ちょっとずつ変えてる感じだな」

久則の「実家の番号を一桁ずつずらす作戦」と同じだ。しかし元になっている番号は青田の自宅番号とは違ったような気がする。
＊＊＊―52―2＊47、＊＊＊―52―1＊47、いくつも続く似通った番号の中に、有亜の家の番号も含まれていた。その後も同じパターンが続いている。
「と、いうことは……」

「うん、少なくとも三条さんに電話がかかったこと自体は偶然と考えていいだろうね。後から履歴を見られることを予想して偶然を装おうとした、というのは流石に考えすぎだろうし」

久則はほっと胸を撫で下ろし、安堵でテーブルに手をついた。

「まだ意図的に電話した疑いが晴れただけだよ」

正臣はそう言ったが、ほっとしたことに変わりはない。とたんに食欲が湧き、久則はラグの上のひよこの箱に手を伸ばした。

「怪我人の饅頭を取るなよ」

「チッ……。それはそうとさ、青田の元の番号はなんなんだろうな」

久則はふと気になった。正臣はメモを見ながら首をかしげる。

「全部に共通してて、かつ使われてない番号、たぶんこれだね」

書き出した。＊＊＊—５２—３＊＊７。

はて。見覚えがないが、どこに繋がる番号だろう。

「僕やっぱりお茶淹《い》れてくる」

「あ、俺がやってやろうか」

「いいよ。どうせ淹れるのに最適な温度も知らないだろ」

正臣は杖を手に取り、よいしょと席を立つ。

「あーダル。こりゃやっぱ今夜熱出るのかなぁ僕」

ひょこひょこと出て行く後ろ姿を見送った久則は、テーブルの上に残されたメモに視線を落とした。

……気になる。

青田は何の番号を元にしたのだろう。自身の経験から考えてもかけ慣れた番号だと思うのだが、市外局番からしてこれが青田の自宅でないことは間違いない。気になって仕方がなくなった久則は自分の携帯を取り出し、そっとメモに手を伸ばした。

「痛っ」

メモの端で指先を少し切ってしまった。何をやっているのだか。久則は指先を舐《な》めると、気を取り直して番号を押した。

コールが、一回、二回。やはり実際に繋がる番号らしい。

「はいもしもし？」

うわ出た⁉

久則は床から飛び上がりそうになった。何の台詞も用意していなかったことに今更思い至り大いに焦る。というか最近こんなことばかりであり、自分でも呆れるほど進歩がない。

「えと、あ、あの、そちらはどちらさまですか？」

「はぁ？」

電話の向こうから驚いた声がし、久則は慌ててドアを振り返ったが、正臣はまだ戻ってこない。

「いや、その、あのですね」

「波河くん？」

「へ？」

「A組の波河くんでしょ。どうしたの？」

突然名前を呼ばれ久則はさらに混乱した。え？　何？　誰？　五秒ほどあわあわし、そして思い至った。この声は……もしかして。

「多木先生？」

そう思ったとたんに頭の中で線が繋がる。電話の向こうから聞こえる少しハスキーな女の声は、確かに青田の担任多木美沙《みさ》のものだった。

「ええ、これは私の家の電話だけど」

しかしなぜ青田が担任の自宅番号を？　わけがわからず顔を上げた久則はちょうど正臣が戻ってくるのに気づき声を上げた。

「おいおいおい正臣、多木ちゃんが出ちゃったよ！」

「もう一人の波河くんもいるの？　なんなの？」

久則は詫びもそこそこに急いで通話を切った。目と口をぽかんと開けた状態で正臣の顔を見る。

「多木先生の家に繋がったの？」

「ああ、この番号にかけたらさ」

メモの上をタカタカと叩くと、正臣は小さく唸り、椅子に腰を下ろした。

「青田が先生の番号を暗記してたと。二人は別に親戚とかじゃなかったよね」

「ああ、先生は九州出身だって言ってたし」

「生徒指導で自宅に電話するってのも変だよね。そこまで問題児じゃないし、そもそも普通番号なんて覚えない」

正臣は腕を組んで「ううん」と呟くと、珍しく自信なさげに口を開いた。

「それってさ、つまり、二人はそういう仲ってことなんじゃないかな」

「ほい？」

「付き合ってるってこと」

「はあああ!?」

久則は思わずひよこを握り潰しそうになった。

「久則、また人の見舞いを食べようと」

「そんな場合じゃないだろ！　……まぁ確かに言われてみれば多木ちゃん新採で若い

し青田は年上好きだし、ありえないことじゃないかもしれないけど」

言いかけて、ぽんと顔を上げた。

「あ、そっか」

名前も顔も教えようとしない青田の〈彼女〉。担任教師となれば大問題で隠そうとするのは当たり前だ。さっき彼があんな態度で「誰かに見られたとしても間違いだ」と言ったのも、多木とのデートを見られたかと焦ったのだと考えれば納得がいく。

久則はテーブルの上に手をついた。思えば心当たりがたくさんあった。青田がこそこそ校舎裏に行こうとしていたことや、放課後の教室で二人で話をしていたこと。

――今日はすごく重要な将来の話――

――俺なりに真剣に考えてますよ――

「あの『将来のこと』って、そういう将来のこと!?」

思わず立ち上がった久則は、そのままへにゃりと床に座り直した。いやいや別の問題かもしれない、しかし考えれば考えるほど思い当たることが浮かんできた。最近の青田の態度、多木のことを話すときの口調――

「多木ちゃんと、青田がなぁ……」

青田の東条英機《とうじょうひでき》のような丸眼鏡を思い浮かべながら、妙にしみじみと頷いてしまった。

ガバッと顔を上げる。

「でもこれで青田の無実は確定じゃないか？　自分のことで手一杯だろうしさ」

「全然。彼女いたってそのくらいの時間はあるでしょ」

あっさりと言い返され、久則はぐっと言葉に詰まった。

「でもさ、よく考えたら何も怪しいのは三人に絞られないいんだよね」

「そうなのか⁉」

久則はまた顔を輝かせた。浮上したり沈んだり浮上したり忙しい。

「僕もあれからいろいろ考えたんだよ。流石に友達いないって言われたのは堪《こた》えたからね」

「……ごめんよ」

「ところでさ、『お前のかあちゃんでべそ』っていうのは要するに『俺はお前のお袋の臍の形を知ってるぞ』ってことで、英語で言うところのサノバビッチとかマザーファッカーとかと同系統の悪口じゃないかと常日頃から思っているんだけど」

「悪かったよそれも謝るよ。あと常日頃からは思うなよ」

「まぁいいさ。ひよこ食べる？」

差し出された饅頭を受け取りつつ、久則はぺこぺこと頭を下げた。

「骨折なんて小一のとき以来だ。懐かしいね」

「ああ、そんなこともあったな」

確かに正臣は七歳の時腕を折ったことがある。治療の間中一瞬たりとも痛そうな顔を見せず、周囲の大人たちを震撼《しんかん》させたものだった。

「懐かしい、よなぁ……」

久則はなんとなく従兄弟から目を逸らした。思えばあの怪我の原因は法事の最中廊下でヒーローごっこをしていた久則が出会い頭に豪快な跳び蹴りをかましてしまったからで、ちょっと変えた方がいい話題だった。

「そういえばさ、ウチのお袋もさ、後で見舞いに来たいって」

「わざわざ家に来るほどのことじゃないよ。あ、でも、お姉さんは一緒？」

「あいつにそんな人間らしい感情があるかよ」

「……だよねぇ」

正臣は苦笑してひよこを飲み込んだ。

第七章　反転

翌日の土曜日、久則は有亜のアパートを訪れた。

鉄製の階段を登りチャイムを鳴らすと、すぐに彼女が顔を出す。有亜は少しやつれたように見え、久則はとても心配になったが、彼女が笑顔を作ったので、彼もそうすることにした。

「お母さんは休日出勤なの」

あ……私服だ。

有亜はふわふわした薄紅のワンピースを着ており、長い髪は緩く三つ編みにされていた。初めて見る私服姿に久則がドギマギしていると、不思議そうな顔で後ろを覗き込まれる。

「正臣くんは？」

「医者に行ってから来るって。あいつも事前に言ってくれれば時間ずらしたんだけどなぁ」

　久則が申し訳なさそうに頭を下げると、彼女は少し戸惑ったようだった。

「えと……じゃあ、その、どうぞ」

　若干ギクシャクした動きで室内に招き入れられる。靴を脱いで上がると、ふわりと何かよい匂いがした。テーブルの上の籠に菓子が盛られていて、気配りのできる子だなぁと幸せな気持ちになる。

「来てくれて、ありがと」

　ふわっと微笑まれて、ソファーに座りかけていた久則は自分がしようとしていた行動を忘れた。

「この前はごめんね、支離滅裂な電話しちゃって」

「気にすんなよ。有亜の電話ならなんでも嬉しい」

「……もう」

　話をするのは正臣が来てからにした方がいいかと問われて、久則はちょっと迷った。正直正臣なしで問題を解決できる自信がない。しかし彼女を不安にさせている原因を早く知りたくもあった。

　泳がせた視線は、リビングの奥に続くドアで止まった。

「ピアスがどうとかって、言ってたよな」

「うん、なくしたはずのウサギのピアス」

有亜はぽつりぽつりと話しをした。気づいたらなくなっていて、部屋中を探し回っても見つからず、間違ってゴミに出してしまったのだろうと諦めていたこと。いつの間にか机の上に戻ってきていたこと。

「それから、部屋がなんか変だって」

「うん。なんか、違和感っていうか、自分の部屋なのに最近入るのに勇気がいるような気がして……」

不安げにそう言った有亜は、思いついたように顔を上げた。

「そうだ、来て」

彼女はスリッパの音をぱたりと立てると、久則の方を振り返った。

「部屋を見てくれるかな、第三者の目で見て変なところがないか教えてほしいの」

「へ、部屋ですか⁉」

いきなりのことに久則はものすごく動揺してしまい、中腰の状態のままあたふたと辺りを見回した。

「え、いいんですか、ホントに?」

「うん、何か違和感があったら言ってほしいんだ」

「それはない！　有亜の部屋に違和感とか絶対ないから‼」

「……それじゃ何にもならないじゃない」

彼女は奥のドアに向かい、久則もギクシャクとその後に続いた。

「さ、入って」

入口のところで障壁にでも当たったかのように固まっていた久則は、促されて室内に足を踏み入れた。

なんとなく勝手に少女趣味の部屋を想像していたのだが、意外というか有亜の部屋はシンプルだった。

六畳ほどの広さに、ベッドと勉強机。ラディッシュの模様のラグの上には丸テーブル。机などはよくあるデザインだったが、ベッドは特徴的だった。枠が金属でできていて、まるでフランス映画にでも出てきそうな優美な形をしている。

「ええと……ベッド、可愛いね」

とりあえず何か言おうとそう口にすると、彼女は照れたように少し笑った。

「ありがと。すごく気に入ってて、前の家から持ってきたの。金属だから重くて、業者さんも数人がかりで運んだんだよ」

恥ずかしそうに、だが少し嬉しそうに言う。可愛いなぁ、と久則は思わずほんわりとするが、そんな場合ではないと気を引き締めた。

「どう、何か感じる？」

なんかいい匂いがする。と思ったがそれは言うべきではないだろう。

「うーん……特には」

久則の答えに彼女は複雑な表情になった。

「やっぱり気のせいなのかな……なんだかどこまでが本当におかしなことで、どこまでが疑心暗鬼なのか自分でもわからなくなっちゃって。きっと〈もう一人の私〉が、部屋の中の物を動かしてるんだって思って」

気がつけば、有亜の手は小さく震えていた。久則はいたたまれない気持ちになり、思わず口を開いた。

「いや、あの、でもさ、多重人格なんて」

「やっぱり考えすぎだと思う？　だけど考えれば考えるほどそうとしか思えなくて、私、こんなことじゃいけないのに。しっかりしなくちゃ……」

久則は一瞬迷ったが、一歩彼女に近づいた。有亜がビクリと震えたので二歩戻る。

「あのさ、前にも言おうと思ったんだけど、その、俺の勘違いだったらホント申し訳ないんだけどさ、やっぱ、なんていうか、有亜は無理してないか？」

「え……」

「あの、そのさ」

久則は頭を掻いた。こういうとき正臣だったら的確な言葉がすらすらと出てきて、ついでにいらないことまで言うんだろうなと思うが、思うように言葉が出てこない。

「会った時からちょっと思ってたんだ。有亜はみんなに頼りにされてて、それはすごいし俺もそんな有亜が好きだけど、いつもそうなのが少し気になってさ。そりゃどんなときだってしっかりしてるってヤツもいるしさ、それで当たり前ならいいんだけど、有亜はそうじゃないっていうか、友達の前にいるときとかさ、嘘ついてるっていうか……あ、いや、そうじゃなくて、無理しなくてもいいところで無理してるっていうかさ、そんな感じしてさ」

うわ、また怒られるかな。言い終わると同時に久則は体を縮こまらせたが、有亜は力なく笑っただけだった。

「そう……かな」

「あのさ！」

久則はグッと彼女を見て、今度は勢いよく言った。

「心配いらないからな！　もしも〈言霊〉ってやつのせいでこれが起こってて、取り消すことができないとしてもさ、そうだよ、『僕たち』は人を殺すんだとしても、『俺たち』は絶対に殺さない！」

「え……」

「うん、これから先俺が自分のこと『僕』って言わなきゃあの予言は当たらないんだよ。何があっても全部うまくいって、そんで有亜は幸せになる。〈言霊〉があるならこの言葉だって本当になるわけだろ、だから大丈夫だ、な！」

「もう。言ってることがむちゃくちゃだよ」

勢いのまままくしたてると、彼女は困ったように彼を見上げて、もう一度笑った。そんな元気のない笑顔は、久則はどうしても見たくはなかった。

「多重人格なんてこと絶対ないって！　そうだ、お母さんはなんて言ってるんだ？　家で一緒にいるんだから、有亜に何かあればすぐわかるはずだ」

「うん……」

有亜は少し下を向いた。

「訊いてないのか？　それはすぐ訊かなきゃ。相談もした方がいいぞ。万が一多重人格だとしたら、家族に協力してもらわないと」

「そう……なんだけど。お母さんには、あんまり負担をかけたくなくて」

「負担って、最近の様子をちょっと訊くだけだろ？」

「うん……」

しばらく沈黙があった。久則は思わず有亜に向けて手を持ち上げて、また下げて、また上げて下げる。有亜は迷ったような顔で、力なく久則を見上げた。

「あのね、久則くん。ちょっと変な話してもいい、かな」

「はい喜んで！」

勢い込んで答えると、有亜はまた「もぅ」と言った。ベッドの上に静かに腰を下ろし、少しためらいながら口を開く。

「私のお母さんね、仕事でいつもすごく疲れてて……特に今の時期は側で見ていてもつらいくらいなの。なんとか支えてあげたくて、私のことでちょっとでも負担を増やしたくなくて」

「けど」

「だからその、原因がなんであっても、はっきりするまでは黙っていたいというか」

「そんなのっておかしいだろ、母親だったら有亜の悩んでることは知りたいと思うだろうし、助けたいって思うはずだぞ。隠す必要なんて」

久則は思わずそう言っていた。いつも久則を怒鳴ってばかりの母親も、彼が本気で苦境に立たされているなら何故相談しなかったと怒ることだろう。

久則も親に弱いところを見せるのはなんというか非常に恥ずかしいものがあり、沽《こ》券《けん》に関わるような気がして避けたいところだが、有亜の言っていることとは意味がまるで違うと思った。

「うん……そうだと思う。だけどあの人は今本当に大変だから」

彼女は困ったように笑った。

「うちの両親ね、二年前に離婚したの。自分で言うのもなんだけど、それまではけっこう裕福だったんだよ？　だけどいろいろあって、二人でこのアパートに引っ越してきて、今はお母さんのお給料で生活してるの」

久則は無言で頷いた。部屋の様子などから、そのことはなんとなく予想がついていた。

「本当は柊女子に通えるような経済状況じゃないんだけど、娘をあそこに通わせるのがお母さんの昔からの夢だったから。私があそこに通って塾に行って、普通の柊女子の子と同じように過ごすのが、お母さんの今の生き甲斐《がい》で、そのためにすごく苦労してて、だから、ね」

「だって、有亜にとっては大変なことだろ？　体調崩すまで気にしてるんじゃないか。親に知られていけないってことないだろ」

「そうなんだけど……」

言葉を切って、彼女は恥ずかしそうに笑った。

「やっぱり、久則くんの言うように無理してるんだろうね私。だけど無理しなくていいところだとは思えないの」

冬の光が窓から差している。部屋の中のものはどれも明るい色をしているのに、なぜだかその色は薄く見え、久則は胃の辺りがギュウッと締め上げられるように感じた。

「わかった」

久則は有亜の肩をガシッと摑んだ。彼女はびっくりしたように硬直する。

「じゃあ俺に話せ」

「え……？」

「お母さんにはギリギリまで話さなくていい。友達の前でも『頼りになる有亜』でいいから、だけど俺には全部話してくれ、な。俺には無理する必要なんて全然ないから、何言ったたって全然平気だからさ」

「う……うん」

有亜は戸惑ったように彼を見上げる。少し潤んだ大きな瞳、久則は有亜の部屋に二人きりでいることを今更のように思い出した。

「あ、あのさ」

肩を摑んだ手に力を込める。

「有亜は信じられないって言ってたけどさ、本当の本当にさ、俺は一目」

そのとき驚かそうとしたとしか思えないタイミングで玄関のチャイムと固定電話が鳴り響き、久則は心臓が飛び出すかと思った。

有亜は慌てたようにドアと電話を見比べる。

「玄関はきっと正臣だろ。俺が出るよ」

久則は彼女の肩をポンと叩くと、リビングを通り扉を開けた。

案の定、表に立っていたのは正臣だった。

「……なんで来るんだよ」

「久則が来いって言ったからだよ」

「………」

「三条さんは？」

松葉杖の従兄弟は首を伸ばして奥の様子を窺おうとする。久則がつられて振り返ると、有亜は電話で何事か話していた。

「どうしたのお母さん。え、茶色い鞄？　免許証が入ってるやつ？」

「茶色……それか？」

久則は棚の上に置かれているハンドバッグを指さした。デザインからして有亜の母親のものだろう。

「あ、それだ。……あったよ。ええ⁉　今から⁉」

彼女はしばらく話していたが、やがて渋い顔で子機を置いた。

「ごめん。せっかく正臣くんも来てくれたのに、それ、今すぐ届けなきゃいけなくなったの」

「じゃあ一緒に行こうか」

「いいよ、正臣くんは松葉杖だし、そう遠くないところだから。二人ともお茶でも飲んで待っていて」

すぐ戻ると告げて、有亜は慌ただしく外に出て行った。

「……まいったな」

ぽつんと男二人。人様の家に取り残されてもすることがない。まして女の二人暮らし、うかつに周りに触るわけにもいかない。

「久則は、どこまで話を聞いたの？」

正臣はリビングのソファーに腰を下ろしながら尋ねた。久則もなんとなく横に座る。

「いや、まだあんまり話してない。ピアスの話聞いたくらいでさ」

久則は有亜の話をそのまま伝えたが、特に正臣の反応はなかった。

そのまま二人、ぼんやりと時間を潰す。触るわけにもいかない、とはいえやっぱり視線は動いてしまうわけで、テーブル、戸棚の上、水槽、久則はついつい目を向けてしまった。

整頓《せいとん》されてるなぁ、お母さんが忙しいってことは掃除は有亜がしてるのかな。しっかりしてるもんなぁ、いい嫁さんになりそうだなぁとか、あそこにあるキャラクターグッズは有亜のかなぁ、鞄には普段何もつけてないけどやっぱり好きなのかな、女の子だもんなぁ、クリスマスにプレゼントしたら喜ぶかなぁとか、いや、やっぱアクセサリかなピアス持ってたし。うちのゴルゴみたいなねーちゃんでさえどっかのバカ高いブランドのをほしがってたくらいだし、あれは正臣さえ目を丸くする衝撃の事実だったけど、つまり女の子でアクセサリ嫌がる子がいないことの証明と言えるわけで、あ、状差しのダイレクトメールレンタル屋のやつだ、映画とか何見るのかな気が合うといいな、やっぱり夜はこのソファーでくつろいだりするのかなとかいろいろと考えも駆け巡ってしまうわけであり——

「久則、TVをつけるのはありかな」

「それはOKだと思う」

正臣はテーブルの上のリモコンを手にすると、迷わず海外ニュースチャンネルを選択した。

「その発想はなかった」

「TVはニュースを見るためにある機器だよ」

「そりゃ正臣にはそうかもしれないけどさ」

仕方がないので久則もなんとなく画面を目で追ったが、名前しか知らない国の株価がどうとか、暴動で死者が何名とか、今はそれどころではない映像ばかりが流れるのにすぐに辟易《へきえき》してしまった。

「なぁ、正臣」

南海で海底火山が噴火したという映像にぼんやり目を向けながら、久則は言った。

「俺、いつか人殺すと思うか？」

「さてね。殺人事件が起こったときの犯人の友人へのインタビューって、大概『そんなことするヤツには見えませんでした』っていうから、普段の印象なんか何の役にも立たないんじゃない？」

「……もっともな意見だけどフォローとかないのか」

「チキンな僕としては将来殺人犯になるかもしれない人間の隣に座ってるだけで精一杯で、フォローする余裕なんてとてもとても」

「あ、そ」

ニュースはまた暴動を報道している。血を流す人が画面に映る。久則は少し嫌な予感を覚え、有亜を一人で行かせるべきではなかったかもしれないと考えた。

そのとき、どこかでカタッと音がした。

「ん……？」

久則は振り返ったが、正臣は特に気づいた様子もなく画面を見ている。気のせいだったろうか、そう思い直したとき、今度は少し大きくガタガタという音が響いた。

「おい、今の」

久則は思わず立ち上がる。

「……久則、ふかふかソファーはね、いきなり立ち上がると隣に座ってる人間があーってなるからね」

「あ、悪い。けど今」

「うん、あっちから聞こえたよね」
正臣が指さすドアは有亜の部屋のものだ。久則は背中に汗が浮くのを感じる。
ガタンと一際大きな音が響き、反射的にそちらに向かいかけた。だがどうしよう。
主の留守に勝手に部屋のドアを開けるのはいかがなものか。久則は一瞬ためらったが、
続く音に引き寄せられるようにドアノブに手をかけた。
そっと回し、ドアを開く。有亜の部屋が目の前に広がる。
先程と同じ匂いがふわりと鼻をくすぐった。久則は一瞬罪悪感を覚え体を硬直させ
たが、次の瞬間カーテンに映った黒い影が、その呪縛《じゅばく》を一気に解いた。
カタタッ。
人だ。人が窓の外にいる。窓枠に何かしようとしているのが影からわかる。久則は
リビングを振り返ったが、怪我人を呼んでも仕方がないと思い直した。
どうする。外に回るか、それとも――
久則は息を呑み、足音を忍ばせラグの上を歩いた。
自分の姿が外から見えぬよう、身を屈めてそっと窓に近づき、壁に張り付く。と同
時にいきなり窓を開き、窓枠に手をかけていた人物の腕を思い切り掴んだ。
「昼間っから泥棒かよ……って、ええっ⁉」

そこには見覚えのある顔があった。

「で？」

有亜の部屋。ラグの上に正座させられた〈侵入者〉を前に、正臣は冷たい声を出した。

久則は信じられない思いで〈彼女〉の顔を見る。あの黄色いコートの代わりに今は黒いジャケットを着ており、その下も制服ではなくパンツ姿だが、その顔を見間違えるはずはなかった。

神田佐緒里。彼女がなぜここにいるのだろう。

ショートヘアの少女は無言でラグの上に座り、履いていた靴と一緒に小さな鞄を人事そうに抱きかかえて、ふてくされたように二人を見返している。

丸テーブルの上には小さなペンチが置かれていた。彼女がつい先程まで窓ガラスを外そうと使用していたものだ。

「泥棒に入るつもりだったのかな？」

「違います！　あなたたちこそ何ですか!?　この家の人間じゃないじゃないですか！」

「俺たちは客だよ。家の人間はちょっと用事があっていないけど」

そう告げると、彼女の顔が少し悔しそうに歪められた。

「その様子じゃ三条さんが出かけたこと知ってたみたいだね。留守を見計らって忍び込むつもりだったのかな？」

「違います！」

「じゃあなにさ」

正臣がギロリと睨むと佐緒里は押し黙り、鉛のように重い沈黙が辺りに流れた。

久則は複雑な気分になる。彼女が有亜に何か害を及ぼそうとしていたなら黙ってはいられないが、何しろ倒れているところを運んだ相手だけに冷たい態度も取りにくい。

「窓！」

佐緒里は突然ばっと顔を上げた。

「そう、窓からあなたたちが見えたから、留守のはずなのに怪しいと思って、それで私」

「僕たちはここに来てから窓際には寄ってないよ。ていうかそれで忍び込むのって無理があるよ」

「く……」

彼女はあっさり言葉に詰まる。

「間違えたんです！」

また顔を上げた。どうやらそれが嘘をつくときの癖らしい。

「隣の部屋と間違えて、それで」

「じゃあ隣の部屋に侵入するつもりだったんだ？」

彼女はまた言葉に詰まり、それきりぷいと横を向いてしまった。

正臣は続けて何か言おうとしたが、彼も諦めたのか、有亜の勉強机に軽くもたれかかり無言になる。

「なぁ。リビングの方に移動するべきじゃないか？」

黙ったままの二人を交互に見て久則は提案した。いつまでも有亜の部屋に無断で居るのは落ち着かない。

「僕は賛成だけど、彼女はどうするの？」

佐緒里は横を向いたまま、てこでも動かない様子。まさか無理矢理引き立てていくわけにもいかない。

「そうだ久則、三条さんには連絡した？」

「ああ、メール送った」

「じゃあ後のことは家主が戻ってからにしようよ」

久則はまだ落ち着かなかったが、正臣はまるで頓着しない様子で、有亜の部屋をきょろきょろと見回した。

「それはそうとさ」

正臣は携帯を取り出し、カタカタと何か打つ。そして久則に差し出した。

『三条さんのピアスの話なんだけどさ』

「？　なんだよ、口で言えよ」

「いいから。ちょっと雑談しようよ。三条さんが来るまで暇だし。カステラの話しよう」

「はぁ？」

また打つ。「あれって和菓子だって知ってた？」と言いながら画面を向けてきた。

『部屋で違和感を感じるとかさ、そういうのって、彼女が多重人格になったとかそんなのより、もっと簡単に説明できるよね』

正臣は佐緒里にちらりと視線を送りつつ、続きを見せる。

『部屋に誰かが勝手に入ったっていうさ』

久則は思わず佐緒里を見た。彼女が有亜を不安にさせていたなら許せない。しかし正臣は首を振った。

「洋菓子だと思ってたんでしょ。違うよ」

『この子じゃないでしょ。今までに何回も侵入したことがあるなら窓壊そうとなんてしないよ』

そう言うと彼はテーブルの上のペンチを指先で弾いた。確かにおもちゃのようなペンチで、あのまま頑張っていたとしても部屋に入れたかどうか怪しいところだ。

「痛っつ……」

ああ、ちっちゃいものでも金属指で弾くと案外爪痛いことってあるよね。

「ま、それはともかくさ」

正臣は何事もなかったかのように涼しい顔を上げ、また携帯を手にした。

『予言のことだけど、再現するには予言の内容を知ってるだけじゃ駄目なんだよね』

「元々の名前もカステラじゃないんだよ」

あくまでも携帯で会話するつもりらしい。久則も仕方がないのでこの筆談（？）に付き合うことにした。

「……聞いたことあるぞ。皿に城の絵が描いてあって、その名前と勘違いしたって」

『イタ電の相手知らないとだめだろ』

「そういうのもあるけど、他にもいろいろあるんだよ」

『再現するにはもっと細かく知ってなきゃ。たとえば十二月四日に君らが外で会うこととか』

十二月四日、忘れもしないそれは〈緑の火事〉の日だ。

「だってそうだろ？」

『久則たちがその場に居合わせなきゃあれはただの火事で済んでいたはずだ。モノリスのときも前に自転車を停めなきゃ意味がない』

『おれはどこに行くか誰にも教えてない』

モノリスの日の待ち合わせのことは正臣にしか話していないし、火事の日に有亜に会うことは誰にも言っていない。有亜も誰にも話していないはずだ。あの日彼女は学校を休んだのだし、わざわざ誰かに伝えるとは思えない。

『逆に言うと、三条さんとは話してるってこと』

「？」

『久則があの場所にいたのは、二回とも偶然とか自分一人で決めたことじゃなく、彼女と二人で決めたことだろ』

それはそうだ。両方有亜と電話で話して決めた。

『心の中を見るのは無理だけど、話してる内容を聞くことはできるよね』

『だから他の誰にも話してない』

正臣はじれったそうに舌打ちをし、文字を打つ指の動きを早めた。

『当人が伝えるつもりがなくたって、内容知ることはできるだろ。盗み聞きすればいいんだ』

「はぁ!? 両方とも周りには誰もいなかったんだぞ」

声を上げる久則をよそに正臣は携帯に文字を打ち続ける。正面に座った佐緒里はそんな彼を不審そうに見ていたが、久則の視線に気づくと一転睨みつけてきた。気圧《けお》されるほどの目。

『問題はいつどうやってだけどさ、ここで気になることが一つあるんだ』

正臣はさらに続けた。長文は打つのも面倒だろうに、凝った言い回しをする男である。

『モノリスの色なんだけどさ、久則はあれ、白いと思う?』

久則は首を振った。考えるまでもない。確かに風雨にさらされ+鳩の糞で白っぽくはなっているが、あの石碑はどちらかと言えば、黒い。

『久則は僕が何回確認しても五つ目の予言は〈白くて四角〉だと言ったよね。青田もそう言ってたらしいし。赤城も横にいたんだから〈白〉だと思うはず』

その文字を見て思い出した。有亜はドトールで話し合った日、予言の内容を口にしたとき〈黒いもの〉と言っていた。久則の表情に気づいたのか、正臣はニヤリと笑った。

『その様子だとやっぱり三条さんは勘違いしてたんだね。数が多いから一発で全部暗記するのは厳しいし、そういうこともあると思ったんだ』

そのままキーを連続で叩いた。

『ピアスの件とか、おかしな出来事は彼女の周りに集中してる。久則にはそういうことないだろ。誰かが彼女の側で話を聞いてたと考えるのが自然だ』

「でもな、正臣」

『周りには誰もいなかったって』

続きを打とうとする久則を片手で制し、彼は自分の携帯を見せた。

表示されている文字は、二文字。

『盗聴』

「はぁ!?」

久則はまた声を出してしまい、佐緒里が体をビクと震わせた。

『なんでそんなことになる』

『知らないさ。でもそう考えるとしっくりくるだろ。予言の内容を一発で覚えるのは大変だけど、録音してるなら簡単だし』

「どこで⁉」

正臣はほぅと息をつき、もう一度ゆっくりと携帯を差し出した。

『なんで筆談してると思ってるんだよ』

久則は思わず周囲を見た。よほど険しい顔をしていたのか、佐緒里が眉間の皺をまた深くする。

……この部屋が盗聴されてるっていうのか？

一見しただけでは不自然なところなど何もない普通の部屋だ。だが今この瞬間も、誰かが聞き耳を立てていると？

久則はバンと壁を叩くと、正臣の携帯をひったくるようにして文字を打った。

『だれがなんでそんなことしてんだ』

「自分の携帯使えばいいのに」

「いいから！」

正臣はやや不満そうな顔で電話を取り戻し、少し拭いてから文字を打ち直す。

『三条さんのストーカーとか、かな』

『ふざけんな』

『おかしなことじゃないだろ、三条さんは可愛いし、柊女子自体有名なお嬢学校で人気あるし、ああいう女の子は自分勝手な男に好かれやすいって前に言わなかったっけ』

　久則は歯がみした。有亜がストーカーに狙《ねら》われているなど考えるだけでもぞっとするのに、文字のやりとりでは正臣がいつも以上に落ち着き払っているように見え、なんともイライラする。

『ピアスの件もそれで説明がつく。ゴミ漁《あさ》りってのはストーカーの常套手段《じょうとうしゅだん》だからね。見つけて盗っておいたんだろう。それか部屋から盗んだか』

『でも返ってきた』

『それについては憶測たくましくなるけど、彼女が悲しんでたからじゃないかな』

『なくしたのはずいぶん前』

『だから、その話を聞かなかったからさ』

　聞かな……

『会話全部を盗み聞きなんて無理なんだから、ある日たまたま彼女がこの部屋で友達にピアスをなくして悲しいって話をしたのを聞いたんじゃないかな。で、返したと』

「ぬう……」

久則はもう一度周りを見た。確かに、誰かが話を聞いていたとすればいくつかの問題はすっきりするように思える。

『まぁリビングの方にも仕掛けてるかもしれないけど、普通こういうのってターゲットの寝室に仕掛けるものだろ』

正臣は相変わらず淡々と文章を打ってきたが、久則はそれどころではない。全身にベタベタした汗をかいているような嫌な気持ちに、落ち着いて立っていられなかった。

「寝室」などという言葉をサラッと使うなよと従兄弟に言いたくてたまらない。

『ここのどこだよ』

『さぁ。ベッドの周りが多いって聞いたことはあるけど』

久則は弾かれたようにベッドに向かった。一瞬、有亜に無断で触れていいものかという考えが頭をよぎったがすぐに消える。盗聴器などというものがあるのなら一刻も早く取り外したい。こうしている今も有亜が汚されているようでたまらなかった。

そのまま、ベッドサイドに置かれたワニのぬいぐるみを手に取った。

「これ、とか……」

正臣は無言で受け取った。黙ったまま、ワニの腹をギュッと押し潰す。

「もふもふだね」

「もふもふか……」

電子機器が入っているなら硬い感触があるはずだ。では他には？　久則は鷹《たか》のような目で周囲を睥睨《へいげい》した。猫の目覚まし時計や、本棚の——

『こういうものより電気関係が怪しいんじゃないかな。直接電源が取れるから。そうすれば電池交換する手間がかからないだろ』

嫌なことを言う。そんなに長期間盗み聞きされてたまるかと腹が立ったが、筋が通っているのは確かだった。

『たとえば』

『コンセントとかね』

久則は怒りを抑えつつベッドを注視した。ナイトスタンドが繋がっているコンセントが一つ、あとは——

「あの、さっきから何をしてるんですか」

彼らの尋常でない様子についに耐えられなくなったのか、今まで無言だった佐緒里が不安げに口を開いた。

「きみは黙っててくれるかな。今それどころじゃないし」

にべもなく言う正臣を彼女は睨みつけ、久則の方を向いた。手にしたバッグを軽く摑んで、焦ったように背筋を伸ばす。

「でも」

「悪い、ホント黙っててくれ」

久則は片手を振ると屈んでベッドの下を覗き込んだ。暗くて見にくいが、奥の壁にコンセントがあるのがわかる。上の口には三箇所に差し込めるタイプの電源タップが一つついていた。

ギプスのために簡単には屈めない正臣に身振りで知らせると、彼は小さく頷いた。

『怪しいな。電源タップってすごく仕掛けやすいんだよ』

久則はタップを外そうとしたが、背の低いタイプのベッドなので潜ることはできそうにない。ベッドごとずらさないと近づくこともできないが、金属製のために重く、おまけに正臣は怪我人だ。

「私が持ちましょうか」

一人でベッドを動かそうとすると引きずることになり、フローリングの床に傷つけてしまうのではと久則が迷っていると、驚いたことに佐緒里がそう言ってきた。

「いいのか、悪いな」

「かまいません」

どこか複雑な表情を浮かべながら、佐緒里はベッドの頭側に手をかける。久則は急いで足側に回り、かけ声と同時に二人で持ち上げた。僅かに空いた隙間にカニのように入り込み、手を伸ばしてタップを外した。

「貸して」

正臣は佐緒里のペンチを片手にタップを受け取り、カバーを留めたネジを外しにかかる。うまくいかないのか、渋面を作って携帯を手に取った。

『神田さん。ドライバー持ってない？』

「なんで」

『持ってるよね』

驚いたことに、佐緒里は鞄の中から細いドライバーを取り出した。ペンチといい、そんなもので何をしようとしていたのだろう。

久則と佐緒里が無言で見守る中、思ったより簡単にタップの外側は外された。その下で何かがキラリと光る。

「これって……」

カバーの下に緑色の基盤のようなものが見えた。タップというのは本来コンセントを差し込む数を増やすためだけのものなのだから、そう複雑な構造である必要はまるでなく、素人目《しろうとめ》にも明らかにおかしいとわかる。

これが、そうか？

久則がそう正臣に目で問おうとした瞬間、いきなり佐緒里が彼の手からタップを奪い取った。

「なんっ⁉」

止める間もあればこそ、彼女はフローリングの床に勢いよく機械を叩きつけ、その上に鞄を振り上げると思い切り叩き潰した。

「なにすんだっ‼」

久則は思わず声を荒げるが、彼女は腕を組んだままふんと横を向いてしまう。

「手が滑ったんです」

「ふざっけんな！　お前ホントに一体」

「……まいったなぁ」

正臣はおぼつかない様子で片膝をつき、床の上からタップの破片を拾い上げた。完全に粉々になっている。

「そっと元に戻しておこうと思ったんだけど。まさか壊されちゃうなんて。やっぱり神田さんは縛っておいたりした方がよかったかな」

「まったくだ。おいお前、なんで壊したんだよ。さてはお前か、お前がこれを仕掛けたのか！」

「違います、私この部屋に入るのは初めてですもの」

「うるせー信じられるか！」

「そのことなんだけどさ」

　ふっと正臣の手が二人の間に割って入った。

「このベッド、一人で動かすのは無理だったよね」

「あ、ああ」

　気勢をそがれた久則はなんとか頷いた。片方は女とはいえ二人でも少しずらすのが精一杯だった。無理をすればなんとかなるかもしれないが、確実に床に傷がついてしまうだろう。見たところ周囲にそれらしい傷はないので、これまでにも引きずったことはなさそうだった。

「そうか、てことは盗聴犯は二人以上ってことか！」

「どうかな。だってわざわざベッドをどかさなくてもこっちのコンセントを使えばいいだろ？」

正臣はナイトスタンドが繋がっている方のコンセントを指さした。確かにこちらもあまり目立たない位置だ。ベッドを動かせば気づかれるリスクも高いのだし、こちらに盗聴器つきのタップを挿しておいた方がずっと簡単だろう。

「じゃあ、どういうことだ？」

久則は首を捻った。

「盗聴器の方がベッドより先にあったんじゃないかってこと」

「はあ？」

久則は目をぱちくりさせた。

「だって、有亜はベッドは引っ越すときに持ってきたって言ってたぞ」

「だから、引っ越してくる前からついてたんだよ」

その言葉に佐緒里の体がビクンと動いた。久則が驚いてそちらに視線を向けると、彼女はぷいと目を逸らす。

「アパートやマンションに引っ越してきたときに、前の住人が残したものらしき電源タップを見つける、ちょうどいいやとそのまま使ったら中に盗聴器が仕掛けられてた。なんて話はときどき聞くよ」

「前の住人が？　なんでそんなことするんだ？」

「さぁ。単なる覗き趣味じゃないの？　自分の後にどんな人間が越してくるのか興味あったんじゃないかな。引っ越し後に忍び込んでつけるよりずっと楽だし。実際に部屋に変化があったらしいけど、盗み聞きを続ければそのうち合鍵の場所くらいわかる」

だとしたら、有亜は越してきた当時からずっと盗聴され続けていたことになる。なんともいえない不快感に唇を噛んだ。

「誰だよ、誰がこんなことした」

久則は絞り出すようにそう言った。自分でもぶっそうな顔をしているに違いないと思う。

「考えられるのは、大家、内装や引っ越し業者、それから、前の住人かな」

あれ……？

そのとき久則の脳裏に思い切りひらめいたものがあった。弾かれたように顔を上げ、そのままリビングに飛び出した。

電話の置かれた棚の横、状差しに差し込まれたダイレクトメール。先程きょろきょろしていたときちらりと見えたのだ。久則は一番上の一通を引き抜き、同じスピードで有亜の部屋に駆け戻った。

「これ、これさ！」

正臣に葉書を差し出す。ラベルに印字されている住所はこの部屋のもの。だが宛名は三条ではなかった。表札を出していないから、おそらく前の住人宛のものが届いてしまうのだろう。

「お前、こいつと関係あるのか」

佐緒里に向かって印籠のように葉書を見せた。そこに印字されている名前は。

——神田悟《さとる》。

ガシャンという音が辺りに響いた。佐緒里が手にしたバッグを取り落としたのだ。床に転がったバッグの口からアンテナの様なものが微かに覗く。慌てて拾おうとする彼女よりも早く、久則はそれをかすめ取った。

「なんだよ、これ」

それはトランシーバーか何かの様な形状をしていた。黒い長方形で、太いアンテナが一本伸びている。日常生活で、まして女子高生が持ち歩くようなものにはとうてい見えない。

「もしかして、盗聴探知に使う道具かな」

佐緒里はまたも無視を決め込もうとしたようだったが、正臣に言われてその背筋が硬直する。

久則と正臣が両サイドから睨《ね》めつけると、彼女はやがて力なく下を向いた。

「……捜しにきたんです」

「これを？」

バラバラになった電源タップを正臣が差し出すと、彼女はこくりと頷いた。

「なんで！　どうしてだよ！」

久則は声を荒げたが、佐緒里はぐっと口をつぐんだ。

「…………」

「…………」

皆黙ったまま、時間だけがジリジリと過ぎる。

久則は何度目か有亜にメールをした。大変なことが起こっていること、早く帰ってきてほしいこと。

いつまで経っても返事はない。久則は、最初は微かだった嫌な予感が段々と大きくなってくるのを感じた。

業を煮やして電話をかけたとき、その予感は確定的なものになる。

おかけになった電話番号は、電波の届かないところにあるか――

聞き間違いではない、無機質な声が確かにそう告げた。

携帯を耳に当てたままの久則が青ざめた顔で正臣を見ると、彼は小さく唇を噛んだ。

「まずいな。さっき盗聴器壊しちゃっただろ、あれで相手は僕たちが盗聴に気づいたってことを知ったはずなんだ。だからってすぐに行動に出るとは思えなかったんだけど――」

そのとたん佐緒里が勢いよく立ち上がった。

「お、おい！」

止める間もあればこそ、彼女は身を翻し、玄関に向かって猛スピードで走り出す。

久則はわけもわからず、慌てて彼女の後を追った。

「おい、どこ行くんだよ！」

アパートの階段を駆け下り道路に出ても、佐緒里のスピードは落ちなかった。並んでいる自転車をひっくり返しそうになりながら久則は怒鳴ったが、振り返りもしない。

彼女は驚くほど足が速かった。一目で運動部と思える外見は伊達《だて》ではなかったらしい。とはいえ久則も脚力には自信がある。猛然とターボをかけ距離を縮めた。相手は女子、最初の動揺さえクリアすれば負ける相手ではなく、もう少しで手を伸ばせば上着を掴める位置まで接近できそうになる。

が、ここで久則は考えた。佐緒里はどこに向かっているのだろう。ずっと黙秘を通してきた彼女のこと、捕まえてしまえば行き先を言うことはないだろう。

……よぉし。

久則はできるだけ自然にスピードを緩め、一定の距離を保つようにしながら佐緒里を追跡し始めた。

彼女はというと、追跡者の存在など考えていないかのようにただ前だけを見て走り続けている。赤信号を無視し、公園をつっきり、人を突き飛ばすようにして、それはもう別の意味で止めたくなるような無茶な疾走がさらに五分ほど続いただろうか。

二人は、とあるアパートの前にたどり着いた。

佐緒里はそこでようやく足を止め、初めて思い出したかのように後ろを振り返った。

久則はとっさに郵便ポストに身を隠す。反射神経と日本郵便万歳。

彼の姿が見えないことに安堵したのか、彼女は膝に手をつき、しばらくハアハアと息をしていた。やがて顔を上げると、何かを決意したような様子である部屋に向かう。

久則はポストの陰に変なポーズで張り付いたまま、そっとその背中を目で追った。

どこにでもあるような白いドアの前で佐緒里は足を止めた。ためらうように息を吸うと、静かにドアをノックする。

「お兄ちゃん…… いるんでしょ」

返事はない。次いで、ガチャガチャと鍵のかかったノブを捻る音が聞こえた。

留守か。

久則は彼女の言葉を頭の中で反芻《はんすう》した。「お兄ちゃん」。そう言われて考えられるのは、ダイレクトメールにあった悟という人物か。とすると佐緒里は有亜の前にあのアパートに住んでいて……

またガチャリという音がした。今度は鍵を開ける音だ。

首をギリギリまで伸ばして様子を窺うと、佐緒里が鞄の中に鍵らしきものをしまうのがちらりと見えた。

「入るよ……」

彼女は小声で告げ、そっとドアを開ける。どこか怯えたような様子でそのまま部屋の中に足を踏み入れて――

「やっぱり…… いないか」

途方に暮れたように呟いた彼女の腕を、久則はいきなり後ろから摑んだ。

きゃっと声を上げる彼女の目を見据える。

「さぁ今度こそ話してもらうぞ。お前は何者で、この部屋の人間は誰で、有亜はどこにいるんだ」

「あ、あなたには関係な」

「関係あんだろものすごく！　お前知らないかもしれないけどむっちゃ当事者だぞ俺!!」

二人はアパートの狭い土間で睨み合った。周囲には汗臭いような埃っぽいような臭い。微かに混じる生臭ささに汗が流れた。

「有亜が心配なんだ。頼む、教えてくれ」

彼女の目をまっすぐに見て、久則がもう一度真剣に頼むと、佐緒里はふっと視線を緩めた。

「あなた、三条先輩のなんなんですか」

「目指す方向を言うなら彼氏。現状はただの友達。でもたぶん、俺が今の不幸の元凶なんだ」

「なんですかそれ。意味がまったくわかりません」

「俺もあんまりわかってない」

「……痛いから手を離して下さい」

久則が慌てて手を離すと、佐緒里は軽く手首を振りつつ、背を向けて靴を脱いだ。

彼女に続き、久則も室内に足を踏み入れた。靴を脱ぐとき気づいたが、玄関にはサイズの大きなスニーカーがいくつか転がっていた。どれも汚れており、廊下もあまり綺麗とは言えない。久則の部屋も人のことを言えたものではないが、歩くと足裏がベタベタするように感じられた。

短い廊下の途中で足を止めた佐緒里は、先程から黙ったままきょろきょろと辺りを見回している。久則も彼女の隣に立ち、注意深く頭を巡らせた。

開け放された襖から部屋の中が見えた。変色した畳に万年床、こたつ、パソコン、宅配伝票の破られた空き箱の山、悪臭の原因と思われるコンビニの袋と洗濯物。人の気配はまったくない。壁に掛かった服のデザインは若者向けの物で、住人は背の高い男だと思われた。

「どこに行っちゃったんだろう……」

やっと聞こえた佐緒里の声には途方に暮れたような響きがあり、さっきまでの気丈さは消えていた。

「お兄さん、悟さん？」

久則が尋ねると、彼女は諦めたように頷き部屋の中に足を踏み入れた。ミシリと小さな音がする。

「そうです。二年前まであのアパートに住んでいました。私と、母と三人で」

やはり佐緒里たちは有亜のアパートの前の住人だったのか。予想が当たった久則は少し満足して頷いた。

「そのうち母の実家に移って、お兄ちゃんは大学に入ってからここで一人暮らしを始めて。でも私はここの鍵を預かっていましたから、ときどき掃除をしに来たりして」

ずぼらな人なんです。そう言った時だけ彼女の目は優しい光を帯びた。しかし本棚に顔を向けたとたん、その表情はすぐに消える。

「元々無口な人で、一人で部屋にこもることが多くて、だから、気がつきませんでした」

本棚の下段から、彼女は一冊の辞書を取り、ややためらってから久則に差し出した。露日辞典。久則には一生縁がなさそうなその本は、予想に反して軽かった。不思議に思い、ひっくり返してその訳に気づく。箱は辞典のものだが、中身はアルバムに差し替えられているのだ。久則は促されるままそれを引っ張り出して開き、息を呑んだ。

有亜。

有亜、有亜、有亜。登校途中と思われるもの、書店で本を選んでいるもの、久則も行ったあの店で鯛焼をかじるもの。そこにある写真は全て彼女のもので、そしてカメラの方を向いているものは一枚もなかった。

「なんだよ、これ」

アルバムを持つ手が震える。異常な物だと一目でわかった。

「お兄ちゃんに問いただしたら、彼女の写真だって言いました。でもおかしいんです」

佐緒里は体の前で指を組むと、独り言のように言葉を続けた。

「学校で訊き回っても誰も三条先輩に彼氏がいるなんて言いませんでしたし、先輩自身に探りを入れても『神田』って名前も兄の外見も何も知りませんでした。それにこんな写真、普通は撮らないですよね」

その手にぐっと力が入る。彼女はひどく複雑な表情をしていた。

「この部屋には他にもいろいろあったんです。YSって刺繍《ししゅう》が入った制服のリボンとか。どう見ても女物のピアスとか。くしゃくしゃになった先輩宛の郵便物とか、そういうものが大事そうにしまってあって。それに兄が先輩のことを物陰からじっと見ていたこともあって。これは……」

ストーカーってことじゃないのか。

久則は喉まで出かかった言葉を呑み込んだ。口を挟める雰囲気ではなかった。

「変なんです。三条先輩は兄のことを何も知らないのに、兄は先輩のことをなんでも知っていました。ご両親が離婚されたこととか、家の経済状況とか普段のこととか、本当に付き合ってるのかと問いただしたらそういうことをたくさん話してきて、うちと環境が似てるんだなんて嬉しそうに。それも直接三条先輩から聞いたみたいな言い方で」

「それって、さ」

「最初はわけがわからなくて、だけど私思い出したんです。兄はよくヘッドホンで何かを聴いていることが多くて、一度ふざけて『何聞いてるの』って取ろうとしたときにものすごく怒ったことがあって」

彼女は机の上のPCを見て、ぶるっと身を震わせた。

「そのときのお兄ちゃんは、本当に、まるで赤の他人のような見たことない顔で私を見て、それでもしかしたら、こっそり先輩の話を盗み聞きしてるんじゃないかって」

「それで盗聴器を探しに来たのか」

久則が尋ねると、佐緒里は唇を一文字に結んだままぐっと頷いた。

「以前……そういう事件を聞いたことがありましたから」

「その話聞くと俺だって怪しく思えるけどさ、いくらなんでも極端だろ、人の家に忍び込むなんて」

「だって誰にも言えません!!」

彼女は周囲に響き渡るような大声で怒鳴った。久則は思わず気圧され後ずさった。

「昔は優しい兄だったんです。あんなことするなんて絶対、絶対何か理由があったはずで、だけど……お兄ちゃんは、最近どんどんおかしくなってきてて」

久則に詰め寄るように彼女が一歩前に進むと、変色した畳が足元で湿った音を立てた。

「お兄ちゃん、自分で自分を刺したんです」

「へ……?」

久則を見るその顔は、今にも泣きそうな表情をしていた。

「木曜日の話です。アルバムに気づいてから、なんとかわけを聞こうと思ったのですが、階段の時以来ずっと無視され続けていて。だけどもし兄がおかしなことをしようとしているなら、絶対に止めなければと思って……。あの日の夕方部屋を出る兄の後をつけたんです。お兄ちゃんは、先輩の家の方に向かって行って」

先程から〈兄〉と〈お兄ちゃん〉が入り交じる。彼女の内心もよほど複雑な状態なのだろう。言葉が紡がれる度に周囲の空気がピリピリし、久則は小さく息を呑んだ。

「兄は駅前でずっと立っていました。本当に、なにしてるんだろうっていうくらいに長時間。夜になって先輩が改札から出てきて、そうしたら、兄は先輩の後をつけて……」

「なんだよ、それ」

久則は焦った。そんな話は有亜から何も聞いていない。まるで彼女が目の前で襲われそうになっているかのようで、自分の声がひび割れるのがわかった。

「そんで、どうしたんだ」

「だから……お兄ちゃん、いきなりナイフを出して自分で自分を刺したんです。痛かったみたいで悲鳴を上げて、前を歩いていた三条先輩が駆け戻ってきて、私、わけがわからなくなって逃げました。一体何だったんでしょう、お兄ちゃんどうしちゃったんでしょう……」

ちょっとまてまてわけがわからない。久則は額に手をやった。彼なりに頭をフル稼働させて状況を整理する。ええと、木曜で、夜で、ナイフで——

「そのときってさ、もしかして周り、赤かったか？」

「え？　あ、はい。言われてみれば周り中に赤いライトが当たっていて、なんだかこの世ではないような……」

すこん、と久則は結論にたどりついた。

「俺、たぶん理由わかるわ」

佐緒里は心底驚いた顔をした。元々細い目がアーモンドのように大きくなる。

「というか原因はある意味俺にあるんだけど……」

正臣の推測が正しければ、有亜の部屋を盗聴していた佐緒里の兄が、予言を再現させていた犯人ということになる。状況から考えて、そのときは〈赤い場所〉の予言を再現しようとしていたのだろう。

「けどな……」

あのでたらめをわざわざ再現などする理由があるのだろうか。

「あの、お兄ちゃんがどうして自分を刺したかがわかるんですか？　お兄ちゃんのことを知っているんですか⁉　あの、あの、お兄ちゃんは不器用だし極端なところがある人ですけど本当はすごく優しくて、それは今は黙って部屋に閉じこもってばかりですけど、昔は明るくて社交的なスポーツマンだったんです！　中学の頃は柔道部で、怪我をして続けられなくなってから少し性格が変わってしまいましたけど、前は本当に本当にあったかい人で、私が父に理不尽な理由で怒られたとき必死になってかばってくれたり、他にも……」

「わかったから落ち着け。今はお兄ちゃんと、有亜がどこにいるかだろ」

どんどん声を荒げる佐緒里を押しとどめつつ、久則はもう一度部屋を見た。

「どこに行ったのかはわからないんだな」

「知りません。お兄ちゃんは何も言ってはくれないんです」

焦った。有亜が神田悟と一緒にいるという確証はないが、あのアルバムを見てしまってはもう嫌な考えしか浮かばない。

久則は昨日視界を覆い隠したモノリスを思い浮かべた。あの大きさと重さ、身を躱すのがもう少し遅ければ二人とも死んでいてもおかしくはない。

ぞっとした。何か、行き先がわかるようなものは……

やはり机の上のPCが気になった。大きなヘッドホンが机から落ちた状態でコードの先にぶらさがっている。机の上には使い込んだキーボード、菓子の空き袋、レトロなデザインのCDは松任谷由実《まつとうやゆみ》。

「でもなぁ、絶対パスワードで開けないようになってるだろうしなぁ」

それでも駄目元でマウスに触れてみると、驚いたことに画面が明るくなった。

電源が落ちてない!?

久則はハッとなって振り返った。乱暴に引かれたような状態の椅子、蹴り飛ばされたようなゴミ箱、そしてヘッドホン。それらは慌てて飛び出した跡のようにも見えた。電源を落とすことさえ失念するほどの――

「何か、何か行き先がわかるものないか」

久則は焦りに突き動かされ、手当たり次第にマウスをクリックした。PCにはあまり詳しくはなく、ただ闇雲に中を探ることしか思いつかない。

お気に入り登録されているサイトは、旅行会社、不動産会社、インテリアグッズ通販、式場案内。駄目だ役に立たない。諦めて保存されたデータを開くことにした。

画像を開くたびに画面一杯に有亜が映る。友人と下校する姿、翻るスカートの下から覗く白い膝。誰かに手を振る二の腕。プリントしたアルバムどころではない、何枚あるかもわからないほどの彼女がそこには保存されていた。

どこから撮ったのだろう、塾で講義を受けているものもある。シャーペンを顎に当てて考え込む姿は、ガラス越しに撮ったもののようだった。

有亜、有亜、有亜、そして――

「え、俺?」

突然目の前に表示された自分の姿に、久則は驚いて手を止めた。

一人の沖高生が、何が面白いのか大口を開けて呑気そうに笑っている、間違いなくそれは久則の写真だった。

「なんで……あなたが写っているんでしょう」

いつの間にか後ろから画面を覗き込んでいた佐緒里が、不安そうに言った。

「変だよな、この写真」

これまでも有亜以外の人物が写り込んでいる画像はあったが、あくまで有亜が中心で他の人物はたまたま入ったという様子だった。

だが今開かれている写真は、明らかに久則を撮ったもの。有亜も写ってはいるのだが、彼女は後ろ姿で、しかも半分しか写っていなかった。久則でなければ彼女だとわからなかったことだろう。

「なんでだ……」

胃の中にでろりとした液体が入り込むような嫌な感覚があり、そして久則は気がついた。

この画像には、名前がつけられていない。

他の有亜の写真にはどれもタイトルがつけられていた。

〈12・10マフラーがちょっとほどけた有亜〉〈夏服に着替えた有亜1〉〈10・26あくびする有亜　古文は苦手かな〉〈アイスを食べる有亜　永久保存〉

おそらく数百を超える画像一つ一つにつけられたタイトルはそれだけで吐き気をもよおさせたが、この写真だけが撮影時に自動で設定されたらしい番号のままになっているということが、よりいっそう久則を不安にさせた。

「そのファイルは、何でしょう？」

佐緒里に言われ、久則は画面をスクロールさせた。番号の画像ファイルの他に、同じく番号の、よくわからないアイコンが見える。

クリックして初めて、久則はそれが音声データだと気がついた。

――あのね、それでその電話の人が、いくつか未来のことを予言したの――

ヘッドホンを引き抜くと、部屋中に有亜の声が響く。終始入るノイズと、時折響くスプリングの音。彼女の寝室を録ったものだと気づき、久則は頭にカッと血が上るのを感じた。

――四つ目は、赤い場所で人が刺されるって。五つ目が、たしか、黒くて四角いものが――

ベッドの上に腰掛けて友達に電話する有亜が思い浮かんだ。微かに聞こえる衣擦《きぬず》れの音は、彼女の服かそれともシーツか。久則は嫌悪感に押されてPCの電源を叩き切ろうとしたが、なんとかそれを押しとどめた。

他のフォルダにも同じアイコンは沢山保存されていた。どれも画像と同じようなタイトルがつけられている。となれば、番号だけのこれらは……

さらにクリックすると響く有亜の声。久則は佐緒里にも聴かせたくはなかったが、彼女の食い入るような視線にヘッドホンを使うことを諦めた。

——まだ出会って一ヶ月も経ってないもの、わからないよ——

やはり電話をしているのだろう、相手の声は聞こえない。

——それは……その二択なら、＊＊だと思うよ——

「ん……？」

久則は佐緒里と顔を見合わせた。今、途中明らかに音声が途切れたように思える。雑音などではなく、編集で消したかのような。

「だーめだ！　こんなの聴いてる時間はないんだ!!」

久則は勢いよく立ち上がった。PCの中身は嫌な予感を強くするばかりで何の役にも立たない。こうしている今も有亜は危険にさらされているかもしれないのだ。呑気に考えている余裕などまったくなかった。

「佐緒里！　お兄さんが行きそうなところ本当に心当たりないのか!?」

「わかりません、本当にわからないんです。何にも話してくれないですもの。大学とバイト以外の時間は、ずっと部屋にこもっていたような気がしますし……」

「バイトって？」

「会社は知りませんが、車でいろいろ配達して回ったり……」

「兄さん車持ってんのかよ！」

久則はマウスを放りだした。焦りが大きくなり、じっとしていられなくなる。

「兄は持っていません。職場のもので」

「乗れんなら同じことだろ！」

レンタカーでも借りられたらどこにでも行けてしまう。久則は嫌な予感に突き動かされてデスクの上と本棚を漁り、洗濯物をひっくり返した。自分でも何を探しているのかよくわからない。メモでもなんでも、行き先がわかるようなもの――

そうしている間にもPCから有亜の声は響き続け、久則の不安に拍車をかけた。

――さっきからずっと時計見てるけど、時間途切れたりしてないし――

――ありがと。なんでだろ、＊＊＊に話すとなんだかすごく＊＊＊――

「勤め先、ここか!?」

洗濯物の山の中からベージュ色の作業着を引っ張り出した。胸に〈蒼月酒店〉と刺繡されている。

「たぶん……」

佐緒里が頷くのを視界の片隅で確認しつつ再びＰＣに飛びつき、社名で検索を始めた。

「妹！　頼みがある！」

「え、あ、はい？」

「ここに電話してお兄ちゃんのこと訊いてみてくれ。バイトに出てるならそれでいいし、いなくてもどこか行きそうなところとか、なんでもいいから手がかりになりそうなことを訊くんだ」

「で、でも」

「口実はいろいろあるだろ！　お兄ちゃんを犯罪者にしたいのか⁉」

佐緒里は一瞬戸惑い、やがて真剣な表情で頷いた。

第八章　青い

有亜は暗いところにいた。

寒く、だるい。体が重い。

ゆるゆると視界が歪んで、夢を見ているのだなと思った。何度も見続ける嫌な夢だ。

母がおり、父がいる。有亜は今よりもずっと小さく、幼く、床に立ってテーブルの上の二人を見上げていた。

父はまた嘘をつく。何度も何度も嘘をつく。ぼろぼろと口から落ちる嘘はどんどんと床に降り積もり、いつしか有亜は首まで埋まる。

嘘つきは嫌いだ。大嫌い。お父さんの嘘で、お母さんは溺《おぼ》れてしまった。だから――

目が眩《くら》む。

気がつけば、有亜は神社の階段を上がっていた。頭上には日の光、隣には部活の友人たちがおり、皆手には焼きたての鯛焼を持っている。

これ、いつのことだっけ……？

「それでね、莉子《りこ》が沖高生に告白されたんだけど」

「知ってるー。『私のどこが良かったの？』って訊いたら『制服』って即答されたんでしょ」

石段を上がりながら、今年の十月のことだと思い出す。商店街に鯛焼屋が新しくできて、物珍しさから部活仲間みんなで買いに出たのだ。

境内の石に座り、あつあつの鯛焼をかじる。

「有亜は？　彼氏できた？」

それはよくある質問だった。それこそ数人で集まれば必ず出る類の。いつもなら適当に流すのだが、その日の有亜はなぜかそれがおっくうで。

「……できたよ」

ああ、私この時嘘をついたんだ。どこか離れたところから自分を見下ろしながらそう思った。その質問にいつも続く「彼氏の作り方レクチャー」を聴くのが面倒で、早くその話題を終わらせてしまいたくて。

「ホントに⁉　どこの人、沖高生？　峰高生？」

「えと……沖高生」

社務所も鳥居もなぜだかどんどんと遠ざかり、暗い中で有亜はどうしてあんなことを言ったのだろうかと思った。

嘘つき、嘘つき。なんで忘れていたんだろう。こんなに簡単に自分も嘘をついたのに、人の嘘を怒るだなんて。

「そうじゃないでしょ」

不意に背後から声がして、有亜はピクリと体を震わせた。

「もっと大きな嘘、ついたじゃない」

寒さが突然強くなり、声は耳元で囁くものになる。聞き覚えのある声だった。

「そうでしょ」

「私……」

「そうよ、だって、あなたお父さんのこと好きなんじゃない。嫌いだなんて嘘じゃない」

有亜はそれが自分の声だと気がついた。自分が真後ろに立っていて、その目がずっとこちらを見ていた。

「全然頼りにならない嘘つき。お母さんだって助けられない。人の悪戯電話を責める資格なんてあなたにはまったくありはしないのに」

「でも！」

寒さに震える体を押さえ、必死に反論しようと振り返って――

そこで、有亜は目を覚ました。

「え……」

目を開いても、寒さはまったくなくならなかった。周囲は真っ暗で何も見えない。

「ここ……どこ？」

手を持ち上げると、こつんと堅くて平らなものにぶつかる。足もだ。気がつけば背中も頭も堅い板のようなものに触れている感覚がある。

何……？

ひどく頭が重く、自分がおかれている状況が理解できない。有亜は立ち上がろうとしたが、胃がむかむかし、首を動かしただけで嘔吐《おうと》しそうになってしゃがみ込んだ。

いや、しゃがみ込もうとして、体がほとんど動かせないことに気がついた。

何？　何？　なんなの⁉

頭が、肩が、動かそうとする度に何かにぶつかり有亜は混乱した。なにがどうなっているのかがわからない。ただ無性に恐ろしく、光が見たくて仕方がなくなり、必死で辺りを手探りした。

触れるのものはザラザラして、平らで、そして堅く、不安はどんどん大きくなる。

どうして、どうしてこんなところに？　ヴェールを掛けられたように重い頭で有亜は考えた。

今日はそう、久則と正臣が家に来たはずだ。母の忘れ物を届けに外に出て、道を歩いて。

そうだ、信号を待っていたときすぐ近くに車が停まった。酒屋の名前が入った白いワゴンで、配達かなと思いながら――

そこから先の記憶が、なかった。

一体何があったのだろう。有亜は額に手を当て思い出そうとした。そのとき。

「有亜」

光が差した。

一瞬何が起こったのかわからなかった。頭の先から足元まで真っすぐに照らす一条の光、それはずっと暗闇の中にいた有亜の目をくらませ、再び視力を取り戻したとき、隙間から顔が覗いていた。

「ひっ」

喉から声にならない悲鳴が上がる。

男の顔。四角い眼鏡を掛けた痩せた男の顔が、じっと有亜の方に向けられていた。

「ごめんね、狭いよね」

「あ、あの、あの……」

何か言おうとするが、言葉がまったく出てこない。

そんな有亜を見て、男の顔はニッと笑った。

「大丈夫、心配しないで。少しの間だけだから」

その声に聞き覚えがあることに気づいて、有亜は少し自分を取り戻した。

「あなたは……あの日の」

光の元は懐中電灯らしく、男の顔は半分が影になっていたが、確かに見覚えがあった。黒い髪、四角いフレームの眼鏡。格闘技でもしているのかギザギザになっている耳。それは、あの日〈赤い場所〉で刺された男の顔だった。

「うん、悟だよ。意識がやっとはっきりしてきたね」

男は無邪気な笑顔を浮かべる。そうだ間違いない。あの日有亜を家まで送った男だ。

「ごめんね。佐緒里がキミの部屋に来て、少し焦ったんだ」

「佐緒里……神田、佐緒里さん？」

重たい頭を必死に集中させ、有亜は記憶を引っ張り出した。その様子を見て男はすまなそうな顔で笑う。

「そうか、言ってなかったね。あいつはボクの妹なんだ」

「妹……」

「混乱してるね。無理もないよね。本当は〈赤〉のあの日、全部話してあげたかったんだよ。だけど佐緒里をあのまま放っておくと何をしでかすかわからなかったから」

頭がぐらり、ぐらりと揺れる。この男は何が言いたいのだろう、有亜にはさっぱりわからなかった。

「本当は今日だって、こんな風に無理矢理連れてくるつもりじゃなかったんだ。だけど佐緒里が来て、それにあいつにボクたちの絆《きずな》が見つかってしまって、もうダメなんだって思って」

「あい、つ……？」

ただオウムのように言葉を繰り返すことしかできない自分がふがいなかったが、どうすることもできない。

「うん。全部の原因だよ。本人は自覚していないけど、あいつのせいでボクたちの世界がおかしくなってるんだ。有亜があんなことを言ったのも、全部あいつが原因なんだよ」

「あの……」

「ボクも最初はね、警告だけすればいいと思っていたんだ。だけどあいつは全然理解しない。やっぱりね、勇気を出してちゃんと戦わなくちゃいけなかったんだよ。ボクが臆病《おくびょう》なせいでキミをこんなところに閉じ込めることになってしまった。本当にごめん。ボクの弱さを許してくれるかな」

「あの、どういうことなんですか？　佐緒里さんが妹ということは、その……」

ずっと笑顔だった男の顔に一瞬不快そうな皺が寄せられ、有亜はビクリと体を震わせた。

「妹だなんて言ったたって、兄妹なんて血が繋がってるだけで結局は他人だよ。有亜ならわかるだろ？　あの役立たずの母親にはずっと苦労をさせられたものね」

光の中に、ひどく穏やかな声が響く。しかしその内容は、有亜の気持ちを少しも穏やかにはさせなかった。

「あの母親は、有亜が本当に困っているときにも気づきもしなかった」

「そんな、違う、違います。私が変に気を遣ってしまっただけで、お母さんはとても心配してくれて」

「いいんだよ。わかってるから。あいつらは鳥みたいなもので、水の中の魚のことなんてわからない。仕方ないんだ」

「あの……」

「あいつらの話はいいんだよ。ボクはキミを守ってあげたいんだ」

「何、から……？」

「キミを傷つける全てから。〈予言された未来〉からさ」

隙間が少し狭められ、有亜は恐怖を覚えた。悲鳴を上げて手を伸ばす。暗闇に閉じ込められるのは嫌だった。

伸ばした手は戸に触れる前に摑まれた。隙間から覗く顔がまたニィと笑う。

「よくないよ、キミは最近どんどんおかしくなってる。あいつの近くにいちゃいけないのに、会ったりするからだ」

指が触れる。宝石か何かを扱うようにするすると、有亜の手の甲を男の指が這《は》っていく。

「〈予言〉はね、あれは警告なんだよ。有亜が間違った方向に行ってしまうのを止めるためのものなんだ」

「何を言って……」

「今はわからなくても大丈夫。ボクも最初はわからなかった」

　そこでまた男はふっと笑い、なごりおしそうに有亜の手を押し返した。

「ボクは行かなきゃいけないよ。あいつが来たときのために準備をしなきゃならない」

　扉が閉められ、辺りが一瞬で真っ暗になる。有亜はパニックを起こしそうになったが、扉越しに聞こえた声が、その衝動を抑えつけた。

「ごめん、こんなこと言っちゃいけないのかも知れないけど、少し怖いんだ」

　板の向こうに男がもたれかかる気配。有亜は体をすくませ手を引いた。

「ごめんね。キミを守るって決めたのに、いざとなると勇気がなくて。本当はもっとゆっくり時間をかけてあいつと戦う準備をするつもりだったのに、こうなることは完全に予想外で。ははっ。さっきから弱音を吐いてばっかりだね。ごめん。だけどこんなことキミにだけなんだ。わかってくれるよね？　有亜だって何でも話してくれたもんね。ああ、もう行かなくちゃ……あいつはきっとここまで来る。そんな気がするんだ」

　何か、ザリザリとした物を踏みながら遠ざかる足音がし、そして身動きの取れない有亜の周りに、再び静寂が訪れた。

「あの、ええ、父が倒れたんです。それで至急兄に連絡をとらなくてはいけなくなって」

佐緒里が迫真の演技で電話をかけている。その横で久則は近くのレンタカー屋を片っ端から検索していた。

「はい、ええ、そうですか、今日はシフトに入っていないと……」

「佐緒里、次はレンタカー屋にかけてくれ、同じように親が倒れたとか、でなきゃ兄の免許証が盗まれて犯人がレンタカーを借りそうだとか適当に」

「え……配送用の車が一台ない⁉　お兄ちゃんが乗っていったかもしれないんですか⁉」

佐緒里の上げた声に久則は飛び上がった。

「マジでか⁉　どこ行った⁉」

勢い込んで尋ねギロリと睨まれる。

「黙ってて下さい。……あ、すいません、周りが少しうるさくて。あの、それで兄はどっちの方向に？」

彼女が何事か聞き出すのを、久則はやきもきやきもきやきもきしながら待った。

「ああ、はい、助かります。お願いします」

佐緒里は何度も礼を言いながら通話を切り、

「ちょっと！　声が大きいじゃないですか！　怪しまれたらどうするんですか!!」

久則を思いきり怒鳴りつけた。

「悪かったよ。そんでどうだったんだ」

「それが……お兄ちゃん、バイト先の車を勝手に持ち出してどこかに行ったらしいんです。仕事外で使ってはいけないものだから向こうも困っていると」

佐緒里は眉間に皺を寄せ、泣き出しそうな表情になる。久則も嫌な予感に押し潰されそうになり、思わず顔をしかめた。

「まずいな、車持ってたらどこにだって行ける。これはもう警察に……」

「そんなの絶対駄目です!!」

「なんでだよ、有亜が危険な目にあってるかもしれないんだぞ！」

「だって、だってお兄ちゃんを警察に捕まえさせるなんて！」

「そんなこと言ったってな……」

「今職場の人にお兄ちゃんの行き場所を調べてもらっています、だからもうちょっと待って下さい！」

久則は渋面を作った。無断で車を持ち出したのなら会社が見つけるのは難しいだろう。しかし言い争っている時間はまったくない。

だがどうする。乗っている車がわかるなら、友人たちと手分けして街中を探し回るか。

久則は焦りに突き動かされ、青田に電話をかけた。

「悪い青田！　お前の原チャですぐ来てくれ！」

「はぁ⁉　なんで」

「説明してる場合じゃないんだよ！」

「んなこと言ったってなぁ。俺これから出かけるし」

「あーもう、多木ちゃんと付き合ってること黙っててやるからすぐ来い！」

「なっ……お前なんで知ってんだよ⁉」

うわぁ推測当たってたよ正臣くん。久則は一瞬天井を仰ぎ見て、再び携帯を耳元に戻した。

「それどころじゃないんだよ！　とにかく来てくれ大事なんだ！　ええと、そうだ、二丁目のコンビニにいるから！」

通話を切る。後は赤城と、クラスの友達と、とにかくできるだけ大勢に連絡をとって車を探してもらおう。久則は佐緒里の方を振り返り、手分けして探そうと言おうとしたが、彼女はまたどこかに電話をかけていた。

「ああ、はい。わかりました。ありがとうございます」

「おい……」

「お兄ちゃんの居場所がわかりそうなんです！」

彼女は歓喜の表情で振り返る。

「お兄ちゃんが乗っていった車なんですが、直前に使った人が仕事用のバッグを載せていたらしいんです。それで、その中に携帯電話が入っていて」

「GPSか!!」

「正解です！」

二人は同時に手を挙げハイタッチする。

「よし！　足は確保した。行くぞ！」

言うと同時に久則は部屋を飛び出し、来る途中に見かけたコンビニを目指した。佐緒里は律儀に部屋の鍵を閉めてから追いかけてくる。

寒風吹きすさぶ駐車場で待つこと数分。ほどなく現れた青田のスクーターに走り寄り、久則は不機嫌そうな顔で停まる友人の肩をガッと掴んだ。

「なんで⁉」

「いいから」

「だめだ。黄河は免許とってからずっと乗ってないだろ」

「いいから貸して下さい！」

そこで初めて青田は佐緒里の存在に気がついたらしく、驚いたように久則を見た。

「誰……？　てかお前ら二人乗りするつもりなのかよ、俺は今問題起こしたくないんだけど」

「訳はあとで話します！　……お願いします、貸して下さい」

佐緒里は手をそろえ、青田に向かって深々と頭を下げる。青田はしばらく無言で二人を見ていたが、やがて彼女の熱意に押されたようにスクーターから降りた。

「ならさ……黄河と俺の二人なら」

「ほい」

久則は言いかけた青田に向け、佐緒里をぐいと押しやった。

「は？」

「頼む」

久則は佐緒里の背中をどんと押し、友人が虚を突かれた隙にスクーターを奪うと勢いよく発進させた。佐緒里と青田が同時に抗議の声を上げるが、聞く耳を持たずにスピードを上げる。

佐緒里には悪いが、悟を見つけたら警察を呼ばなければならないだろう。他にもどんな危険があるかもしれず、彼女を連れて行くわけにはいかなかった。

国道を飛ばし、佐緒里に聞いた場所を目指した。バイパス沿いの廃店舗の多い一角が怪しいという。その辺りなら久則にも多少土地勘があった。

営業中の店……は後回しでいいだろう。空き地にも車は停められていない。あとは潰れた焼肉店に、潰れたパチンコ店、駐車場の入口に張られたロープはどちらも外され、何台かの放置車両が見えるが、どれも営業用の車には見えなかった。

どこかで車を乗り捨てたのか？　それともＧＰＳの存在に気づいて携帯を捨てたのか。そうなれば万事休すで、探すことはできなくなる。まだ他にも潰れた店はあるが

――

「え……」

ふいに誰かに服の背を引っ張られたような気がして顔を上げた。サイドミラーに一瞬横を指さす青白い手？　いや、ただの枯れ木だ。しかし久則はなんとなくつられて

視線を横に向け、そして、スクーターを停車させた。

空き地の向こうに伸び放題の生け垣が見えた。その隙間から、形だけは今でも優美な鉄柵《てつさく》と、大きな建物が覗いている。

白い屋根、石造りの階段。壁はくすんだレンガの色。

その建物は元は結婚式場だったはずだ。景気のいい頃にずいぶんな金をかけて建て、数年であっさりと潰れたと聞いたことがある。久則が小学生の時には既に廃墟になっていた。

正面にはギリシャの神殿かホワイトハウスかと思うような白い柱が四本。少し近づくと、鉄柵の下に逆さになった看板が見えた。「S」と「B」。「Something Blue」と。変色した銅板に、優雅な文字が躍っていた。

〈Blue〉

ここだ、と。久則は思った。奇妙な確信があった。

スクーターから降りると、冷たい風がびょうと吹いた。駐車場にはご多分に漏れず放置車両があり、コンクリートはところどころひび割れて、先の茶色くなった雑草が飛び出している。久則は窓の割れたセダンに隠れて携帯を取り出した。

もう一度有亜の番号にかける。やはり繋がらないままだ。そのまま正臣に電話をかけた。

「久則？　今何してるのさ」

「話せば長いことなんだよ。有亜は帰ってるか？」

「いや……。どう考えても遅すぎるね」

やはりそうか。こうしている間にも不安はつのる。話している時間はあまりない。

「とにかくさ、詳しいことは佐緒里に聞いてくれ。アドレス知ってるって言ってただろ」

「何？　一緒にいないの？」

「ま、ちょっといろいろあってさ。バイパス沿いの潰れた結婚式場わかるか？　今そこにいるんだ。あと……三十分経っても連絡なかったら警察呼んでくれ」

通話を切った。これでいい。正臣ならうまく対処してくれるだろう。

久則は小さく息を吸い、背筋を伸ばして廃墟を見た。

数歩、近づく。コリント式柱の奥にある大扉はしっかりと打ち付けられ、とても開くようには見えない。

周囲の窓も同様、全て板で塞がれていた。その周りには割られたガラスが飛び散り、レンガの壁にはスプレーの落書きがあった。どこを見ても嫌な連想しか引き出されない。

久則は焦る心を抑え入口を探した。真後ろに搬入口と思われるところを見つけたが、重いシャッターが降りており、従業員用であろう扉は鉄でできている。駄目元でノブを回したが、しっかりと鍵がかかっていた。

その周りにも数台の放置車両があるが人の気配はない。ここではないのかもしれない。久則は頭に浮かんだ不安を振り払い上の階を見上げた。

西側の壁がすすけているのは、数年前に火事があったためだろう。そちらの窓は一階と同じく全て塞がれていたが、東側はそのままになっていた。規則正しく並ぶ西洋風の窓、目をこらして入れる場所を探すうち、端の一つが割れていることに気がついた。

ゴテゴテした装飾のついた窓は、通常の家の二階よりも高い位置にあるが――

「うし」

久則は駆け足で正面に戻ると、一番端の円柱にガバと取りついた。

「うわ、太いな」

掌《てのひら》に老朽化したコンクリのざらっとした感触。直径は五十センチほどか、登り棒なら慣れたものだが、こんなに太いものは初めてだ。足元はなるべく見ないことにし、久則は柱を登り始めた。

するするというわけにはいかないが、滑りにくい素材が幸いした。一階の窓を通りすぎ、二階の高さまでよじ登る。

柱から一番近い窓までは三十センチ程度、両手両足でしがみついている状態からプルプルしながら左手を伸ばし、装飾をガッと摑んだとたんに足が滑った。

「わっ」

腕一本で窓の下にぶら下がり、壁の凹凸に足を引っかけて体を安定させると、久則は宙吊りのまま横の窓に移動した。

……なんか、こういうアスレチックあったよなぁ。

一つ隣の窓に進むごとにちらりと上を見て、例の割れ窓かどうか確認する。五つの窓を渡り、そろそろ握力も限界になってきたところで、久則は目当ての窓に行き着いた。よいしょと体を持ち上げ、窓下の十五センチ幅の装飾に無理矢理乗った。

「わっとと」

バランスを崩しかけ、慌てて白い石の葉を摑んだ。危ない危ない。下はコンクリートであり、落ち方によってはただではすまない。

割れたガラスは後ろからビニールで塞がれていたが、力を入れればすぐに破れた。

ガラスが刺さらないよう注意しながら中に体を滑り込ませると、埃臭いような、かび臭いような臭いが鼻をつく。

目の前に壁があり少し驚いた。よく見れば廊下と呼ぶには細すぎる空間があり、気を取り直して床に足をつける。

周囲は薄暗く、人の気配はなにもない。やはり間違っているのか？　有亜は今頃——

「大丈夫だ。きっとここにいる」

久則は小さく呟き、歩を進めた。

すぐ横に引き戸が目に入り、不思議に思いながらもそっと引いた。多少きしみはしたものの思ったよりも音は小さく、安堵しながら中を覗き込んで——

和室だった。

「え……」

久則はぽかんとしてしまう。床こそむき出しだが、等間隔で建っている木製の柱や、奥の床の間の様な空間は確かに和風のもの。洋風な建物の外観とのあまりのギャップに、一瞬異空間に足を踏み入れたのかと混乱した。

……ああ、そっか。結婚式って和風も洋風もあるんだっけ。

気を取り直して部屋を出ると、薄暗がりの中に今度は橋がかかっていた。古風な太鼓橋で、これも演出だったのだろうと理解はできるのだが、次は何があるのかわからないのが不安になる。

久則はちらりと背後を振り返った。ここまでは窓からの光がなんとか届いているが、この先はそうはいかないだろう。懐中電灯でも持ってくればよかったと後悔したが、今更仕方がなかった。

橋を渡った先には廊下があった。携帯電話の画面を開き、ぼんやりとした明かりを頼りに進む。脇にいくつもの扉が見え、久則は迷った。控え室か、更衣室か。有亜はここにいるのだろうか。

通路の奥に大きな両開きの扉が見え、結局そちらに向かった。金属の扉は壁に比べて妙に劣化しておらず、不自然なまでの光沢がかえって不気味に感じられる。

久則は大きな取っ手に手を掛け、そろそろと扉を引いた。蝶番《ちようつがい》も劣化を免れていたのか、音はまったく響かない。

青い――

明るい？　驚いて足を止めた。電気は当然止められているだろうに、周囲は青い光に包まれていた。

扉の向こうはずいぶん広いようだった。物音は何一つせず、久則は意を決して向こうを覗き込んだ。

天窓。冷えた空気が頬を撫《な》でる。

三階建ての中央付近が巨大な吹き抜けになっており、その上が丸ごと天窓になっているのがわかった。青いガラスは年月によって変色し、雨水や落ち葉、虫の死骸《しがい》が影をつくって、差し込む光をまるで海の底のように変えていた。

二、三階の通路がぐるりと一階を囲む回廊のようなデザインで、壁中に無数の窓がある。目の前には緩やかなカーブを描いた階段があり、一階の中央へと繋がっていた。

下に伸びる階段に足を踏み出すと、コッ、と小さな音がした。

向かいにも左右対称な造りの階段があり、一階はホールのようだった。テーブルの類は潰れたときに全て引き払うものだと思っていたが、どういう状況だったのか当時のものがそのまま残されているらしい。ところどころに布を掛けられた状態で放置されている。その様はまるで墓標を思わせ、その上に青い光が揺れていた。

深海だ、と思う。冷えた空気が久則の肺を縮ませた。

周囲には白い埃が積もっており、造花のからんだアーチ、珊瑚《さんご》のオブジェ、熱帯魚の人形などが無秩序に転がっている。遠目にも表面がベタついているのがわかるようであり、階段の下ではウエディングドレスのマネキンが、穴の開いた目を彼に向けていた。

久則は少しためらったのち、階段を降りた。本来であれば絨毯が敷かれていたのだろうが、今はむき出しになり、一歩降りるごとに海底に近づくような錯覚を覚える。天窓の光の届かない陰はどんよりと暗かった。得体の知れない生き物の棲《す》む海の底だ。

一番下。久則はマネキンの隣に立って頭上に目を向けた。

天窓の中心には巨大なシャンデリアが見える。貝やガラスの装飾には蜘蛛の巣が張り、長年の埃で黒ずんでいるが、それでもキラキラと光を反射していた。イルカに乗って槍を構える兵士の像が、両サイドからシャンデリアを守っている。

側にはボロボロになった垂れ幕が下がっており、三階の隅にはゴンドラのようなものも見えた。

久則は無言でテーブルの間を歩いた。誰もいない。音もしない。

不意にポケットに入れていた携帯が振動し、久則は慌てて取り出した。

「有亜！」

画面には有亜の名前、驚きと喜びにボタンを押す指が震え、携帯を取り落としそうになりながら耳に当てた。

「こんにちは」

聞こえたのは知らない男の声で、久則は電流に打たれたように動けなくなった。

「波河くんだよね」

「なっ⁉　お前誰だよ⁉　これ有亜の携帯だろ⁉」

周囲を見回しながら声を上げたが、やはり誰の姿もない。

「ごめん、驚かせちゃったね。一度は話をしなきゃって思ってたんだ。だけどどうにもぐずぐずしちゃって、結局ボクに勇気がなかったってことかな。ははっ。情けないね」

声は質問には答えず、一方的に話しかけてきた。まるで独り言を聞いているような居心地の悪さを感じ、久則は電話を耳に押しつける。

「おい、有亜は……」

「最初はさ、話せばキミだってわかってくれると思ったんだ。だけど、段々そうじゃないのかなって、だってキミだって予言の内容は知っているはずなのに、有亜の側から離れないだろ？　それはどうなんだろうって。彼女に危害を加えようとする人間がいるなんて考えたくなかったけど、もうそうとしか思えないのかなって」

「おい、ちょっと……」

「ははっ。ダメだなボクは。覚悟を決めたはずなのに、何を言ってるんだろうね」

自嘲《じちょう》気味《ぎみ》な笑いは妙に朗らかで、周囲の暗さとのギャップに久則の頭はくらくらする。

いつの間にかカラカラに乾いていた舌を動かし、なんとか言葉を口にした。

「あんた。神田……悟か？」

沈黙があった。暗く、重い。

「佐緒里に聞いたのか」

ややあって聞こえたのは別人のように暗い一言。そして通話はブツッと切れた。

「待てよ！」

青いホールの真ん中にぽつんと取り残された久則は、急いでリダイヤルボタンを押した。しかしコールは繰り返されるが誰も出ない。どんどんと心臓が鳴る。どうしていいかわからず周囲を見て――

メールが着信した。

知らないアドレス。焦る心を抑えながら画面を開くと、そこには一行の文字が躍っていた。

『ごめん』

「え……」

その瞬間轟音《ごうおん》が響いた。

一瞬何が起こったのかわからない。開いたままの携帯の画面に何かが反射し、久則は弾かれたように上を見た。

光の塊が落ちてくる。ガラスが、貝殻が、電球が視界にどんどんと迫り、そして
——

「うわあああっ」

久則は横っ飛びに飛んだ。テーブルにぶつかり、白いカバーと一体になって埃だらけの床に転がる。モノリスの時とは比べものにならないほどの音と衝撃、弾けるガラスがガシャガシャと音を立て、飛び散った破片がばらばらと体に降りそそいだ。

シャンデリアが、落ちたのだ。

兵士像の持っていた槍が、顔のすぐ近くに突き刺さる。

呆然と顔を上げた久則は、二階の回廊部分、先程まで自分がいた方とは逆方向に黒い影がさっと消えるのを見た。

「やっろぉ……」

跳ね起きた。やっぱりここに居たのか。

「ふざけんな！　なんてことすんだ!!」

久則は声を上げながら階段を駆け上がり、両開きの扉を体当たりするようにして押し開いた。

先程と同じような造りの廊下が延びている。左の角に影がふっと消える気配を感じ、久則は迷わず後を追った。薄暗がりの中、階段をさらに駆け上がる音が聞こえる。

「逃げんなこの卑怯者《ひきょうもの》！」

暗い廊下をひた走った。影の消えた角を曲がると予想通り階段が見える。頭上にちらちらと踊る影、久則は頬についていたガラスの破片を払うと、猛然と段を駆け上がった。

「お前があの店に火を点けたのか⁉　正臣に怪我させたのもお前かよ！」

踊り場に積まれた廃材を飛び越え、手すりを蹴って着地すると二段抜かしで駆け上がる。三階の廊下も造りは同じ、影は左に走り、突き当たりの角をまた左に消える。

久則は逃がしてなるものかと薄暗がりを追いかけて――

ビン、と。何かが足に引っかかった。

「うあっ」

廊下にテグスが張られていた。そのことに気づいたときには既に遅く、久則は床に転がり、同時に頭上に斧《おの》が振り下ろされた。

これも転がって回避。どうんと大きな音を立て、斧は服の裾を道連れに廊下に突き刺さった。

……殺す気かよ、本気で。

斧は火災の際に使用するもののようだった。護身のために持っていこうかとも考えたが重くてそれはできそうにない。久則は少し迷ったが、諦めて追跡を再開した。

影の消えた先は部屋になっていた。

普通のオフィスのようなドアだった。今のことがあっただけに、久則はそろそろと押し開く。一歩室内に足を踏み入れると、微かに焦げたような臭いがした。

壁際に張られた青いビニールシートから、ところどころ光が漏れている。炭化した天井、べろりと剝《は》がれた壁紙。火事の跡だ。

蛍光灯の傘が暗がりにぶらさがっており、北側の壁は完全に燃え落ちていた。南側にも大穴が空き、隣の部屋までが見わたせた。すすけた部屋の隅にはデスクやロッカーなどが無秩序に積まれており、壁に暗い影を延ばしている。

床はところどころ大きく凹み、壁と同じシートで覆われた部分もある。転がされているガラクタの中に錆《さび》の浮いた消火器まで見えるのが、火災現場ではどこか皮肉な感じだった。

手の中で、何度か携帯が振動する。周囲に神経を向けながら画面を見た。電話の光が、背後の闇にぼんやりと久則の姿を浮かび上がらせた。

『キミがいるせいで世界が汚染されたんだよ』

画面に表示されたのは、意味のわからない言葉。

『可哀想だとは思うけど、佐緒里が階段から落ちても、火事が起きてもキミが有亜から離れなかったのがいけないんだ』

……やっぱり、こいつか。

久則は焼け焦げた周りの壁を見、あの日の燃えさかる炎を思い出して唇を噛んだ。

部屋の北側、大穴の近くで何かが光ったような気がし、そろそろとそちらに近づいてみる。燃やされ、水をかけられた上で数年間放置された床は、一歩進む事にべこべこと気持ちの悪いへこみ方をした。

床に落ちていたのは色のついたガラスの破片だった。なんとなく拾い上げ辺りを見ると、ぽっかりと開いた暗い穴の向こうには、床がなかった。

ここも吹き抜けになっているのか。三角形の天井と、一面にシートを張られた壁が見える。階下の床には最早誰も座ることのない椅子が規則正しく並び、奥には傾いた十字架が見えた。

ああ、チャペルだ。

穴の縁に立った久則は、一瞬その光景に意識を奪われた。廃墟になる前にはこの建物でもっとも華やかな場所だったのだろうに、これほどまでに不気味に変わるものなのか。

背後でふっと、何かの気配がした。

「ごめんね」

耳元で囁かれる声と同時にどんと背中が押され、そして久則の体は宙に浮いた。

……ここから、出なきゃ。

混乱と、恐怖と、嘔吐感とそして寒さ。なんとかそれを押さえつけ、有亜は重たい頭でそう決意した。

まだ混乱は続いている。しかしそれでも動かなければならない。

有亜は唇を噛み、手に力を入れた。しかし意に反して体は動かなかった。四肢はまるで水袋でもくくりつけられたかのように重く、嘔吐感はどんどん強くなる。

薬でも飲まされたのだろうかと考えた。そうかもしれない。でなければあんなに急に意識が途切れるとは思えなかった。だとしたら、影響はどのくらいまで続くのだろう。

「しっかりしなきゃ……大丈夫、大丈夫、こんなのすぐに治る」

暗闇の中、有亜は何度も自分に言い聞かせた。もしも自分に、皆に思われている半分でも強さがあるのなら、今こそその力を出すべきだった。

そうやって繰り返しているうちに自己暗示が効いてきたのか、だんだんと楽になってくる。体はまだ動かなかったが、頭はクリアになってきたように感じた。

悟と名乗ったあの男は……佐緒里は自分の妹だと言った。

言われてみれば確かに二人の顔立ちはよく似ていた。初めてあの男を見たとき、見覚えがあると感じたのも道理である。

そして、佐緒里が悟の容姿を知っていたのもまた当然だ。

「バカみたい……私、多重人格なんかじゃなかったんだ」

しかしなぜ悟は自分のことを知っているのだろう。そのことを考えるとゾクゾクとし、有亜は無意識のうちに先程撫ぜられた手をこすった。そこから何かに浸食されるような不快感がある。

こすっているうちに段々と腕が動かせるようになり、そのままそっと辺りを探った。やはり何か箱のようなものに入れられているらしい。

注意深く闇の中で手を這わせると、先程光の差した方に合わせ目が見つかる。有亜は小さく息を吸うとそちらを思い切り叩いた。

ドンッという音が響く。だが周りはびくともしない。

鍵が掛けられているのだろうか。焦った有亜はさらに辺りを手探りするが、道具になりそうなものは何もなく、板のささくれが指に刺さっただけだった。

痺《しび》れたように重い足を持ち上げ、今度は蹴ってみた。狭くて思うように足が上げられず、力はほとんど入らなかったが、それでも先程よりは手応えがあった。

「大丈夫。力一杯やればこんなのきっと壊れる」

さっきより大きな声でそう言うと、有亜はぐっと体重をかけて、扉をもう一度蹴りつけた。

バリリという音と共に板が外れ、バランスを崩して外に転がり出る。

「きゃあっ」

顔からまともに倒れ込んだ床はざらざらとしており、周囲は相変わらず暗かった。もう夜？　いや、窓が全て塞がれているらしい。有亜はそろそろと立ち上がり周囲に目をこらした。

狭い部屋である。今まで閉じ込められていた戸棚以外には何も置かれておらず、ここがどこなのかを判断する材料がない。外に連絡をとろうとポケットに触れたが、携帯電話はそこにはなかった。

有亜は迷った末、近くに見えたドアを開けた。

暗い廊下が続いていた。突き当たりの窓はやはり塞がれていたが、どこからかほんの少し光が差している。左の方から微かに人の声がしたような気がし、そちらに顔を向けたが――

青い。

視線の先、廊下に並んだ小さな窓から青い光が漏れていた。

体が自然にぶるりと震えた。青は嫌だった。近づきたくない。有亜はそちらに進む代わりに、正面に見えるドアに向かった。

足を踏み入れた部屋もガランとしていたが、奥に光の漏れる窓が見えた。有亜は喜びに足をもつれさせるようにしながらそちらに向かい、洋風な造りの窓を開こうとして――

ここが三階だということに気がついた。

「誰が落ちるかぁ!!」

バランスを崩すと同時に脇のすけた鉄筋にガシリと掴まる。思い切り勢いをつけて体を引き戻し、つま先が床につくと同時に久則は背後の気配に向けて足を振り上げていた。

人影は素早く後ろにひき、彼の蹴りは空を切る。しかしそれ以上体勢を崩すことはなく、久則は勢いよく両足で床に立つと、そこにいる人物を睨みつけた。

少し離れた所に男が立っていた。

暗がりの中で顔は見えない。ただ目の辺りで何かが光るのがわかった。

背が高く、ひょろりと痩せた姿は、何か人でない生き物のように思え、久則は背中に汗が浮くのを感じた。

「……警察くるぞ。お前の身元も全部知られてる、逃げ切れないぞ」

「うん。そうじゃないかなって思った」

電話越しよりもずっと穏やかな声がそう答えた。

優しいとさえ思える口調は、かえってどんな恫喝《どうかつ》よりも気味が悪く、久則には、焼けた部屋の暗さが全て目の前の男の影のように感じられた。

「だから、その前にキミを消さないといけないんだ」

言うなり男は何かを持ち上げた。黒く、大きな——

何かが風を切る音がした。

ギラリと光る細い何か。本能的に体が硬直する。同時に頬をかすめる感触があった。

矢——⁉

左頬に焼けたような痛みが走り、それが何かを久則が理解したときには、男は二本目の矢をつがえていた。

とっさに床に転がった久則の元いた位置に一本、光を鈍く反射する金属の矢が突き刺さる。

「うあっ」

久則は煤《すす》まみれになりながら机の陰に転がり込んだ。

連続した攻撃を予想したが、予想に反して矢はそれ以上撃ち込まれてこない。久則は机に張り付きながらそっと首を伸ばし、様子を窺おうとした。そのとたんにもう一本、机の上板に深々と突き刺さる。

ボウガンというのだろうか、黒い武器を構えたまま、男がジリジリと後ろにさがるのが見えた。南の壁の穴をくぐり、そこに転がっていた本棚の後ろに姿が消える。

「逃がすか!!」

久則がそう叫びながら飛び出そうとしたとき、新たな矢が放たれた。

とっさに身構えたが、男が撃ったのは明らかに隠れ場所とは別の方向。反射的に軌道を目で追った久則は、そこに、古くなった消火器が転がっているのを見た。

破裂。

一瞬目の前が真っ白になったのは吹き出した薬剤のためだったのか、それとも衝撃に瞬間意識を失ったのか。勢いで吹き飛んだ消火器が壁に当たる音、気がつけば久則は再び床に転がっており、辺りを染める薬剤の中から飛んできた矢が、シャツの端を床に縫い止める。

死が頭をよぎったが、転がった先に棚があったのが幸いした。

鉄製の棚にビシリと矢が撃ち込まれ、僅かに貫通した穴からギラリと光った先端が覗く。

「キミたちは悪いことをしている自覚はないんだろう？　いつもそうだね。悲しいことだよね」

悟は一言発するごとに矢をつがえ、放つ。暗がりに、ガシャン、ビシ。ガシャン、ビシという音が淡々と木霊《こだま》した。

「だけどだからタチが悪いんだ。自覚のある人間はちゃんと反省するし、同じ間違いを二度は犯さない。反対に自覚がない人間は更生のしようもないんだよ。どんなに順序立てて説明しても理解できない。キミたちの頭にはそういう機能はないんだ。生まれながらに能力をもたないのは当人の責任じゃないから、責めるのはお門違いだってわかっているよ。だけど、有亜を傷つけることはボクが許さない。それを防ぐためなら、ボクは何も怖くないんだ」

久則は乾ききった唇を舐めた。消火剤の嫌な味に混じり、微かに血の味がする。

一度発射すると矢をつがえるまでには時間がかかるのか、連続で撃ち込まれないのは幸いだったが、鉄とはいえ棚の背は薄く、そう長くは保ちそうになかった。

周囲には、元々棚に入っていたのだろう、様々な物が転がっていた。置き時計、大きな蠟燭《ろうそく》、造花など。久則はそのうちの一つに手を伸ばした。予想に反して小さなダンベル一つほどの重さが手にかかる。

定期的に続いていた矢の音が止まり、グシャリとビニールシートを踏む音が聞こえた。薄明かりに伸びる影が近づいてくる。

久則は小さく息を吸うと勢いよく立ち上がり、手に摑んだ物を思い切り投げつけた。

「ずおりゃ！」

五十センチ程度のクマのぬいぐるみ。予想外の攻撃に相手の足が一瞬止まるのがわかる。

同時に飛び出し、もう一体を投げつけた。ふわふわの外見に反してその重さは三キロ程度、相手をひるませるのには充分だった。

「ありがとうクマさん愛してる！」

久則は棚の中板を構えると走り出た。悟は動揺したのか逃げるそぶりを見せ、二人の足元でビニールの音がぐしゃぐしゃと響く。

しかし悟は突然足を止め振り返った。

先程とは逆に、悟が今度は壁の穴を背にし、久則が部屋の入口側にいる状況。シートから漏れる薄明かりが、初めてその男の全身を照らし出した。

佐緒里に似ている、そう思った。吊り気味の目、真っ黒な髪。悟は痩せていて、背が高く、眼鏡を掛けていた。

机に向かって勉強しているのが似合いそうな風貌《ふうぼう》は廃墟に不釣り合いで、ひどく非現実的な印象を覚える。服装は長袖のシャツにジーンズというシンプルな物で、矢をしまっているのだろう、腰に大きなベルトのようなものが見えた。

ガシャリと音がして、悟がボウガンを構えるのがわかった。標準は完全に久則に合わされている。僅かでも動けば撃たれるのは間違いなく――

久則は鉄板を投げ捨てるといきなりしゃがみ込んで足元のビニールシートを引っ張った。

「うわっ」

シートに両足を載せていた悟は思いきりバランスを崩した。その手から離れたボウガンが壁の穴から二階のチャペルに落下する。久則がガッツポーズした次の瞬間、しかし相手は体勢を立て直し、腰の後ろに素早く手を回した。

何かが光る。あのベルトに提げていたのだろう。すらりと抜かれたそれは、ナイフと呼ぶには長すぎた。

「なに……それ？」

僅かに湾曲した刀身は、薄明かりの中でさえぬらりと光る。

「直接相手を傷つけるのが怖いなんて、思っちゃダメだよね。……本気でいくよ」

独り言のような言葉と同時に、悟は襲いかかってきた。

冗談だろ？

久則は反射的に足元の鉄板を蹴り上げたが、表情一つ変えず紙のように切り落とされる。

「マジ⁉」

久則は焦げた部屋から転がるように走り出た。部屋に入ったときとは完全に立場が逆転していた。後を追うギラギラ光る刃物と目、何をどうやっても太刀打ち出来る気がしない。

廊下に飛び出し、後先も考えずに走る、先程の斧がまだ床に突き刺さっているのを発見するが引き抜いている時間はなく飛び越えるのが精一杯。暗がりを疾走した久則は目の前に見える青く光る窓を蹴り開けて――

しまったここは吹き抜けだった！

ガクンと急停止した。先程見たばかりの青いホールが目の前に広がっている。ここは三階、飛び込んでいたら助からないところであり、久則は窓枠に手をかけたまま振り返った。確認するまでもなく悟はすぐ近く、振り上げた刃は簡単に届く距離。

「逃がさないよ」

囁くような声を聞いて、久則はとっさに窓枠を乗り越え、飛んだ。

足に堅い感触、それと共に大きく視界が揺れる。

ゴンドラだ。大きさは一畳程度、おそらくは派手な結婚式が流行っていた頃に新郎新婦を乗せて上下していた物なのだろう、老朽化の心配が一瞬頭をよぎったが、貝で飾られた籠は大きく左右に揺れただけでなんとか安定し、しかし振り返った久則は、悟が窓枠を越え飛び乗って来るのを見た。

「逃がさないって言ったよね」

久則はゴンドラ内にあった小さな椅子を無我夢中で上げ、振り下ろされる刃を受ける。ガキンと嫌な振動が骨まで響き、小さな籠は衝撃にぶんぶんと激しく揺れた。天井の青、周囲の窓、一階に見えるシャンデリア。それらがぐらりぐらりと回転する。

「危ないだろうが！」

背後でブチブチと何か嫌な音がしたが振り返る余裕はない。狭い籠内では自由に動くことはできず、久則は防戦一方になった。

悟はここが吹き抜け三階だという意識もないのか、無言でナイフを振り回す。そのたびにゴンドラを吊る四隅のワイヤーがこすれ火花が飛んだ。

「おい、ちょ、待て」

その勢いに椅子がはじき飛ばされ、あっという間に一階まで落ちていく。天窓からの青い光をギラリと反射する刃、久則はとっさにポケットに手を突っ込み、手に触れた何かをがむしゃらに突き出した。

ガラス片、さっきの部屋で拾ったものだ。それが何か柔らかいものにぶつかる感触があり、悲鳴が響く。悟の刃が僅かに逸れ、肩をかすめてすぐ脇に振り下ろされた。

ガキンという大きな音と、ブチリという嫌な音、
あ、と。

声を立てる間もなかった。背後に取り付けられていた滑車からワイヤーが弾け飛ぶのが見える。二人を乗せたゴンドラはぐわんとブランコのように大きく揺れたかと思うと、ものすごい勢いで落下し始めた。

……ああなんかガキの頃、ブランコこぎすぎて吹っ飛んだことがあったたっけ……。

あのときは落下地点に正臣がいて、あいつ四針縫う怪我したんだよなぁ。

久則の脳は呑気なことを考え、同時に口は叫び声を上げていた。

「うわあああぁ、止まれ！　止まれ止まれ止まれ止まれ！　いや止まる！　絶対止まるって！　止まれ――!!」

一階が、白い布をかけたテーブルが、ドレス姿のマネキンがみるみるうちに近くなる。

近くなり、近くなり、近づいて、
そしてがくんという振動と共にゴンドラは停止した。

マネキンと今にも唇が触れそうなほど近く。その距離一階の床から僅か数センチ。

それを確認するより早く久則は籠から飛び出していた。今の落下がなかったかのように、無表情の悟がそれに続く。

久則は跳ぶように走り、そこに見つけた配膳用《はいぜんよう》のワゴンを相手に向けて思い切り蹴った。車輪をきしませながら飛んでいくワゴンを確認せずにもう一台、もう一台、一際大きな一台を蹴る際何かが光るのを見つけ、とっさにそちらに手を伸ばした。

青い光にキラキラと光る刀身、持ち手についた色あせたリボンと造花。入刀用のケーキナイフだ。間髪入れずに振り下ろされた刃をそれで受け、飛びすさった久則は身構えた。

青い光の中、久則と悟、まるで決闘でもするかのように対峙《たいじ》する。

「もう一回訊くぞ、廃屋に火を点けたり石碑に細工したりして〈予言〉を再現していったのは、あんたか？」

久則は踏みきり、白布のかかったテーブルの上に飛び乗って椅子を蹴り落とした。悟は返事の代わりに唇を吊り上げ椅子を避けると、向かいのテーブルを蹴って跳ぶ。ひょうと空気を切り裂く音、ケーキナイフで再び受ける。

「何でそんなことしたんだよ」

「有亜を守るためだよ」

持ち手の造花が弾け飛ぶ。右隣のテーブルに飛び移る久則を追いかけながら、悟は当たり前だと言いたげに答えた。

「あの予言を誰が言ったのかは知らない。だけどあれは真実なんだ。キミと一緒にいたら予言どおりに有亜は人殺しになってしまうだろ、だからそれを防ぐために警告したんだ。火事も、石碑も」

笑い顔とともに肩口が切り裂かれ、久則は背中に汗が流れるのを感じた。

おかしい。おかしい。矛盾している。そもそもこの男が何もしなければ〈予言〉はほとんど当たっていないことになるじゃないか。そのことにまったく気づいていないのか？

ギンギンと刃がぶつかる度に飛ぶ火花、明らかな殺傷用武器に対してこちらは単なるケーキナイフ、いつまで保つか？　久則は小さく唾《つば》を飲み込んだ。

「まてよ！　あの〈予言〉はな、俺が言ったでたらめで、そもそも当たるわけがなくて」

「キミは嘘ばっかりだね。現にキミが現れて有亜はおかしくなってしまった。もうすぐボクが彼女の前に現れて、二人で幸せになる予定だったのに、準備をしている間に、キミが世界をおかしくしたんだ」

何度目かの一撃を受け止めたケーキナイフは、久則の手の中であっさりとひしゃげた。

どこかで人の争う声がした、ような気がした。

ガランとした無人の部屋の中で有亜は足を止めた。

丸い部屋である。天井には色あせた天使の絵が描かれ、床にはボロボロの絨毯が敷かれている。

有亜は階段を探していた。先程見つけた窓からは高すぎてとても出ることはできず、とにかく一階に降りなければならなかった。

しかし階段はなかなか見つからなかった。やはりあの青い光の方へいかなければならないのだろうか。そう思うと体が震えたが、これ以上この暗がりにいることも耐え難い。有亜は小さく唇を噛み、そっとそちらに足を向けた。

え……？

暗がりの中、廊下に斧が突き刺さっている。その不気味な光景に思わず近寄って、斧の刃の下にあるものに気がついた。

服の切れ端だろう、数センチほどの布が床に縫い止められている。その柄には覚えがあった。久則が今日着ていた上着のものだ。そう悟った瞬間、有亜は弾かれたように顔を上げた。

「久則くん！」

周囲を見る。どこに、どこにいるのだろう。

青い光の漏れる窓からそのとき金属の音がして、有亜は走り出していた。


ぬらりと光る刃が、まっすぐに久則に向けられた。

久則はテーブルの上に立ったまま両手を上げ、渇ききった喉に唾を飲み込む。

「あの、だからさ、言ってることがよくわからないんだけど、〈予言〉が最初いくつか当たったのは本当にただの偶然なんだって。俺と有亜が会ったのも、あんたの妹が階段から落ちたのも偶然で」

悟は向かいのテーブルの上に立ったまま、幼い子供を見るような目で笑った。

「何言ってるのさ。佐緒里はボクが突き落としたんだよ」

「え……」

びゅんと風を切る音。久則は振り下ろされた刃を避けようとして足を滑らせ、背中から床に転倒した。悟は軽やかに床に降り、呻く久則に一歩近づく。

「あいつはボクと有亜の時間を邪魔しようとしたんだ。もうすぐ彼女が教室にくる時間だったのに……。佐緒里はいつもそうだ。無神経で考えなしで、だから突き飛ばしてやったんだよ。あのときまではボクも有亜の友達と同じように〈予言〉を信じてはいなかったけど、だけど気づいたんだ。あの黄色い服、あいつは落ちるためにそこにいたんだよ」

「ふざっっけんなよバカ兄貴!!」

久則は跳ね起き、我を忘れて飛びかかっていた。肩の傷、背の痛み、全て忘れて殴りかかる。悟は完全に虚を突かれたのか、二人はもんどりうって床に転がった。悟の手から離れた刃物が、甲高い音を立てて床を滑る。

「お前佐緒里がどんだけあんたのこと心配してたかわかってんのか⁉　あいつ、階段から落ちたときのこと訊いても一度もあんたの名前出さなかったんだぞ。かばうことばっかり言って、あんたの盗聴の証拠を隠すために、あいつ有亜の部屋に忍び込もうとまでしたんだぞ!!」

久則は無我夢中で拳を振り上げた。そのたびに切られた肩に痛みが走るが、まるで他人のことのように感じられる。

「正臣だってなぁ、そりゃあいつは口は悪いさ。けど言葉以外で他人傷つけたことなんてないんだぞ!!　そいつにあんな大怪我を……」

　顔をかばう悟に馬乗りになり、殴り、殴る。ゼイゼイと荒い息を吐き出し、もう一度拳を振り上げたとき——反撃が来た。

「そっちこそふざけるな!!」

　拳が頬にめり込み、久則は床に倒れ込む、肩が、肋骨《ろっこつ》が打ち付けられ痛みに声を上げるよりも早く、二発目が振り下ろされた。

「自分が何をしたのかわかってるのか!!　有亜は、有亜はボクだけを信用してくれた、ボクにはなんだって聴かせてくれたんだ。悩みも、秘密も、独り言も、寝息も着替える音も全部、ボクたちはわかりあってた。どうしようもない理由で別れる親、勝手に誤解する『友達』、有亜だけがボクをわかってくれたし、ボクだけが有亜をわかってた。ボクたちが出会えたことはきっと奇跡で、それが、それを……なんで彼女がお前に礼を言う⁉　ボクがもうすぐ迎えに行くはずだったのに、彼女がボクじゃなくお前を頼りにするなんて、おかしいだろ!!　おかしいだろ!!　おかしいだろ!!」

　ガツンガツンという音だけが頭の両側で響き、何を叫ばれているのか聞こえない。久則にできるのはただ両手で頭をかばい、床の上を転がることだけだった。口の中が裂けて鉄の味が広がり、後頭部に痛みが走る。

「お前に佐緒里とボクのことがわかってたまるか！　あいつはね、いつもボクをバカにしてたに決まってるんだ!!　上から目線の優越感で出来の悪い兄貴を助けて得意がってたんだ！　いつもいつもいつもいつも!!」

「冗談……言うなよ！」

必死で突き出した両手が、どんと悟の胸を突く。相手が一瞬みせた隙を逃さずに、久則は再び反撃に転じた。床に積もった砂埃を掴み、眼鏡の取れた相手に投げつける。なりふり構ってはいられなかった。

「優越感であんなに必死になるか!!　有亜のことだってな、お前彼女と直接話したことあるのか？　勝手に想像するんじゃなく、本当に本気で思ってることを聞こうとしたことあるのかよ!!」

怒鳴り声と同時に繰り出した拳は、しかし寸前で躱《かわ》される。悟は素早く床に手を伸ばし、先程落としたナイフを拾った。

青い光にギラリと輝く刀身、そのまま手近のテーブルの上に飛び乗り、刃を下向きに構えると、一瞬の間の後久則に向けて——

「久則くん！　テーブルクロス!!」

そのとき彼女の声が響いた。

久則はバッと体を回転させ、目の前に垂れ下がっていた白布を思い切り引いた。

「あんただって同じ間違い二度犯すじゃんか」

布は当然悟の乗っているテーブルに、彼の足元に繋がっている。

今度こそ立っていられないほどバランスを崩した悟目がけ、久則が思い切り繰り出した右拳、それは自分でも驚くほどきれいに頬に決まった。

吹っ飛ぶ悟の姿が、妙にゆっくりに見え――

巻き込まれて飛び散る珊瑚のオブジェ、ドレスのマネキン、熱帯魚。シャンデリアの破片がもう一度周囲に舞い上がる。

そして――

辺りに静寂が訪れた。

久則は肩で息をしつつ、おそるおそる床に倒れた男に近づいた。その胸が上下しているのを確認して安堵する。

「有亜！」

はっとなって顔を上げた。

「久則くん！」

三階の反対側、無数の窓の一つから小柄な姿が覗いている。距離があっても見間違えるはずがない、それは確かに有亜だった。

「待ってろ、今行く！」

「久則くん！」

言うと同時に二人は走り出していた。久則は肩を押さえて階段を駆け上がる。ホールの階段は二階までだ、三階のあちら側にはどうやって行けばいいのだろう。

二階の廊下に出、久則は両開きの扉を見つけた。この向こうはさっき穴から覗き込んだチャペルのはず。そろそろと扉を押し開いた。ビニールシートで覆われた壁。目の前にはまっすぐな通路が十メートルほど続き、その奥には傾いた十字架、燭台《しょくだい》、そして――

十字架の横、神父が登場するようなドアがゆっくりと開いた。

「有亜！」

駆け寄ろうとした久則は肩の痛みにバランスを崩し、思わず傍らの椅子に手をついた。老朽化していた椅子の背はがくんと外れて倒れる。壁のビニールシートがそれにひっかかり、びりびりと大きな音を立てて引き裂かれた。

ヒビの入ったステンドグラスが露になり、陽光が一気にチャペルの中に差し込んでくる。

扉が開ききったのはそれと同時で、中から小さな人影が飛び出してきた。弾みでころんと床に転がりぺたんと尻をつく。ふわふわしたその髪もその顔も、久則が一番会いたかった人のもの。

「有亜！」

有亜がいた。顔を上げ、久則に気づいて驚きから喜びに変わる表情。顔、手、足。どこにも怪我はしていないように見える。安堵から体中の力が抜けそうになったが、久則は強引にねじ伏せて立ち上がった。有亜も十字架の前に立つ。その顔にステンドグラスを通した光が当たっていた。

「大丈夫か⁉ 怪我ないか⁉」

「うん。久則くんこそ傷だらけ……」

「大丈夫大丈夫。こんなの軽い軽い」

呆れた顔をされて苦笑した。今の久則には有亜が軽蔑《けいべつ》の表情を浮かべたとしても幸せになれる自信があった。

「どうしたの、一体何があったの」

「話せば長いことなんだよ。だけどもう……」

久則が満面の笑顔のまま彼女に近づこうとしたとき、足元に焼けるような痛みが走った。

「うあっ」

膝を抱えて床に転がる。ザリと響いた足音に視線を動かすと、視界にふくらはぎに刺さった矢が映った。

猛烈な痛み。背後、開いたままの扉の影からボウガンを抱えた悟がゆらりと姿を表した。

ザリリと足音がする。有亜が悲鳴を上げる。

「おいおい……もう一台持ってたのかよ」

床に顔をつけたまま、久則はなんとか矢を引き抜いたが、傷口からは鮮血が流れ、痛みと共に力が抜けた。

「おかしいよ。有亜、なんで出てきちゃうのかな。そいつに近づいちゃダメだってこと、どうしてわからない？」

もう一発、矢が久則と駆け寄ろうとした有亜の間の床に突き刺さり、彼女は再び悲鳴を上げた。ご丁寧にも矢の色は青で、久則は思わず唇を噛む。

「ね、有亜、おいで。今ならまだ間に合うから。ボクなら絶対にキミを人殺しにさせたりしない」

有亜は後ずさり、ふるふると首を振る。その様子に、悟は不思議そうに首をかしげた。

「どうしたの？　なんで怖がるのかな。大丈夫なのに。ああ、こいつがいるからかな」

久則の方を不快そうに見て、彼はボウガンを構えた。

「やめて！」

有亜は泣きそうな声を上げる。久則をかばうように飛び出して、彼女は悟の顔を見上げた。

「ねぇ、やめて下さい。どうしてこんなこと……」

「どうして？」

不思議そうだった悟の顔が、微かに引きつる。

「有亜、どうして止めるの？　だって変だろ。有亜はいつだってボクの味方だったし、ボクはいつでもキミの味方なのに……変だよね。キミが優しいのはわかってるけど、こいつはボクらの世界をおかしくしてしまうんだよ？　ねぇ、まさか、あの日言ったことは本当なの？　有亜が、こいつのことを……」

「あの、私」

「嘘だよね？　嘘だって言ってよ」

「あの、私あなたが何を言っているのか全然わからないの」

「わからない……そんなことないだろ、ボクらは理解者だったよね。ボクにはキミのことが、キミにはボクのことがわかる。だから、ねぇ、嘘だって」

「あの」

「嘘だと言え!!」

勢いのままボウガンが構えられる。矢の照準は確実に有亜の方を向き、指はそのまま引き金にかけられた。

久則は体を起こし飛び出そうとした。だが足が動かない、動けない。手も届かない。冗談じゃないぞ。板張りの床に爪を立てた久則は、すぐ先、ちょうど手の届く所に何かが光っているのを見た。

先程、上の階で悟の落としたボウガンが、床の上に転がっていた。矢は装塡《そうてん》されたまま、引き金さえ引けばすぐに発射できる状態で――

ステンドグラス。背後、影絵のように。

助けなければ。有亜が撃たれてしまう。あの矢を悟に向けて引き金を引けばいい、そうすれば彼女は助かって――

――僕たちはいつか――

ふいに頭に言葉が浮かんだ。

――僕たちはいつか人を殺す。

全身にビリリと衝撃が走った。なぜ今あの言葉が思い浮かぶのだろう。あの〈予言〉は結局ただのでたらめで、この男が再現していただけなのだ。今となっては当たることなどありえない。けれど――

引き金にかかる悟の手、早く止めなければ、有亜が、

「ふざけんな！」

その瞬間久則は足の痛みを忘れた。彼が跳ね起きるのと飛びかかるのはほぼ同時で、相手に反応することさえ許さなかった。怪我のことも前後のことも全て忘れて思い切りタックルし、久則と悟はもつれ合うようにステンドグラスに激突する。元からヒビの入っていたガラスはその衝撃で砕け散り、勢いのついた二人の体は建物の外に放り出された。

空、ガラス、風、逆さになって落下しながら、久則はここが二階だということを思い出していた。建物の周りの地面がコンクリで覆われていたことも。

え……俺……死ぬ？

脳が信じられないことを言う。けれど空中のこと、久則にはどうすることもできず――

有亜の悲鳴のような声だけが聞こえた。

「久則くん!!」

次の瞬間、久則の背中に衝撃が走った。大きな音、肺が押し潰され無理矢理はき出される空気、しかし思ったよりも衝撃が小さいような気がして――

「あ……」

気がつけば、久則は悟と共に赤い車の屋根の上にいた。

冬の空が見えている。手を動かす。動く。指先がべこべこになった屋根に触れ、それでようやく久則は放置車両の屋根がクッション代わりになったことを理解した。

久則と車に挟まれる形になった悟が「うう」と小さく呻き声を上げる。

こいつも無事か。そう思いながら再び上を見た久則は、ステンドグラスに空いた大穴からこちらを見下ろす有亜を見つけた。

「ああ……やっぱ、可愛いなぁ」

冬の空と、割れたガラスと、有亜。

「大丈夫……?」

「ああ、全然まったく痛くない」

「……もぅ」

本当に、痛みは消えてしまったような気がした。

空気は冷たく、辺りを舞うガラスの破片が光を受けてキラキラと光る。上と下で、二人はぼんやりとそれを見た。

悟に体当たりする寸前に感じた嫌な感覚は、久則の中から既に消えていた。

空を見るうち、助かったのだという実感がじわじわと湧いてくる。〈予言〉の通りになどならなかったのだ。いや、そうではない。自分でそれを止めたのだ。久則は傷だらけの手をグッと握りしめた。

「当然だろ、あんなでたらめの通りになってたまるか」

「どうしたの？　何か、言った……？」

「いや、なんでもないよ」

そう小さく呟いて、光の中の有亜を見上げて。

久則は仰向けになったまま、後頭部をごんと車の屋根にぶつけた。

エピローグ

新品の自転車を停め、久則は店のウインドウでちょっと前髪を直す。コートの間から見える制服のネクタイも締め直して、うん、よし。

「元が悪ければいくら飾ったって駄目だと思うけどね」

「じゃ訊くが、不潔なブスと小綺麗なブスのどっちがマシと思うんだ？」

「なるほど。もっともだね」

隣で正臣は松葉杖をつきながら肩をすくめた。

十二月二十五日、終業式の日。

空には雲一つなく、風も穏やかですごしやすい。商店街は早くもクリスマスが終わったかのような片付けモードで、叩き売られるケーキがもの悲しいが、久則にはまったく気にならなかった。

花屋の角を曲がれば。いた。有亜だ。

制服に薄水色のコートを着て、足元は白いブーツ。彼女は二人の姿を見つけて微笑んだ。

「ごめん、待たせちゃったかな」

「ううん、全然」

「ま、柊女子の方が終わる時間遅いんだから当然だよね」

「……正臣、お前先に帰れ」

従兄弟を追い払おうと手を振ると、有亜はくすくすと笑う。その度にリスの尾のような髪が背中で揺れて、なんてことのないその動きが久則に寒さを忘れさせた。

「二人とも、怪我の調子はどう？」

「余裕余裕。次の日には痛くなくなってたよ。正臣は……まだしばらくは辛そうだな」

「久則が僕を気遣うとは。これは明日は槍が降るね」

せっかくの終業式。正臣もなんとか松葉杖に慣れたころであり、今日は三人で何か食べて帰ろうということになっていた。

自転車を押す久則の後に、有亜はとととっとついてくる。

「槍とか簡単に言うなよな。実際に経験するとマジで怖いんだぞ」

あの潰れた結婚式場で、シャンデリアが頭上に降ってきたのはほんの二週間前のことだ。あのときの恐怖を思い出した久則が身を震わせると、正臣は珍しく声を立てて笑った。

「確かに。言葉は慎重に使うべきだね」

「あのなぁ。〈言霊〉なんて言い始めたのはお前だろ。俺本気で怖かったんだぞ」

「それは失礼。だけど久則だって頭から信じたわけじゃないでしょ」

「そりゃ……本当に未来から電話がくるとかはな」

久則の渋面もまるで気にしない様子。最近の正臣は妙に上機嫌だ。携帯のストラップが昨日までは明らかになかった高そうなものに変わっており、これはクリスマスに何かあったに違いないと久則は推測している。後で白状させてやろう。

「ね、今日はどのお店にいく？」

「そうだなぁ……」

久則はさりげなさを装ってコートのポケットに手を入れた。指先に触れる小さな箱は、それはもう考えて考えて考えて買ったペンダント。

取り出すタイミングを計りつつ、ゆっくりと歩きながら話をした。青田と多木の交際が学校に発覚し、現在大騒動になっている話。赤城がまた誰かを好きになり、今度もあっさり振られた話。有亜は大きな目をくるくるさせて聞いてくれる。

その様子に久則は笑いながら周囲を見て、それから少し声を潜めた。

「佐緒里は、あの後どんな感じだ？」

「学校には来てる。お兄さんのこと以外にもいろいろあったみたいだけど、わかってくれる人もたくさんいるから」

あの後、駆けつけた正臣と佐緒里が救急車を呼び、悟は結局病院から警察につれて行かれた。佐緒里はなんとかできないかと懇願したが、これぱかりは仕方がない。

「放火ってどのくらい罪重いんだ？」

正臣に話を振ると、従兄弟は肩をすくめた。

「相当ね。でもしょうがないでしょ。ああいう人はしっかり専門のところで教育していただいて、家族にも監視してもらわなきゃね」

「まぁなぁ」

久則は有亜の方をちらりと窺った。あの青い場所を思い出すと、正直なところ今でもぞっとする。

悟の行動はどう考えても尋常ではなかった。おそらく彼は頭の中で自分と有亜の物語を作るうちに、現実との境を見失ったのだ。都合のいい物語に飛び込んできた久則という異物をなんとかしようと、普通の人間なら笑って相手にしないはずの〈予言〉などというものをいつしか信じた。

それがたまたま、久則が有亜と共にいると彼女が不幸になるという、悟にとって都合のいい内容だったから——

「あ……狼神社」

有亜がぽつりと言った。ゆっくりなペースのつもりだったが、いつの間にか神社の下まで来ていたのだ。

モノリスの跡は空きスペースになっている。久則は足を止め、潰された先代愛車に黙禱《もくとう》を捧《ささ》げた。

「三条さんも神社の名前知ってるんだ」

「うん。お化けの伝説があるんだよね」

「そ。あとは境内で嘘をついたら、その後に言った言葉は全部本当になっちゃうっていうね。ま、後づけだろうね」

久則は石段を見上げた。灰色の鳥居は倒れてきそうなほど大きく、冬の空に溶けそうに見える。

「あ、そうだ。僕年賀状頼まれてたんだ。ちょっと待ってて」

正臣は二人に声をかけると、ひょこひょこと近くの文具店に向かった。その後ろ姿を見送りながら、久則はぽそりと呟いた。

「教育と家族の監視か……それで治るもんかな」

「たぶん、大丈夫だと思うよ」

かけられた声に下を見ると、有亜の大きな目が彼を見上げていて、久則は少し動揺した。

「私がこんなこと言うと変かもしれないけど、佐緒里さん、本当にお兄さんのことを思っていたんでしょ。人の支えって本当に大きいと思うもの。私もね、久則くんっていう友達のおかげで今も笑っていられる。独りだったらきっと、あの部屋には帰れなかったと思うから」

「やっぱり、友達……？」

「まだ、ね」

彼女は少し目を細めた。

「だけど助けに来てくれた時思ったんだよ。『この人とだったら、私人殺しになっちゃってもいいかもしれない』って」

「あ、えと、その……」

久則はドギマギしながらコートのポケットに手を入れた。紙包みの感触がある。目の前には、有亜の上目遣いの目があった。

「なんてね、嘘」

久則を見上げたまま、彼女はクスッと笑った。

「人殺しになるのは嫌だもの。だけど、もう予言は当たらないよね」

「あ、うん。そうだよな」

心臓の音が一段大きくなったような気がする。久則は紙包みを摑みかけて止め、掌に浮いた汗をポケットの内側でちょっと拭いて、それからまた摑んだ。

「なぁ有亜、俺……！」

「お待たせ」

「……正臣、お前ホントとっとと帰れよ」

ビニール袋を手に戻ってきた従兄弟を心底恨めしそうに睨みつけたが、正臣はまるで意に介さないという様子で冬の空を見上げた。

「ま、これで全部解決かな」

「そうだね」

有亜がそう言って笑ったので、久則はポケットから手を抜いた。

彼女の笑顔を見て、まぁいいか、と思う。

焦ることは何もないのだ。これからゆっくり仲良くなっていこう。悪戯電話で口にしたように五年後では遠すぎるが、この穏やかな空気を感じながら、もうしばらくいるのもいいような気がした。

「ほら久則、そろそろ店を決めないと駅に着くよ」

「そうだね、あそこの『金蓮』ってお店……は大行列か」

「やっぱりクリスマスらしく洋食がいいか？　だったらもう一本先の通りにさ」

久則が顔を上げ、提案しようとしたとき、

鞄の中で、携帯電話が鳴ったような気がした。

あとがき

それは去年のことでした。新しく小説を書こうと思っていた静月《しづき》さんは、いつも下書きを読んでくれるTさんに相談してみようと思いました。

さて、どんな話を書きましょう。

Tさん（趣味は合気道）「じゃあこういうのはどうかな。ファンタジーもので、変な力を使うやつがいて、魔法使いだと思ったら実は合気道使いなんだよ」

いやその、できれば学園ものにしたいなぁと思うのですが。

Tさん（最近日本刀で素振りをしている）「じゃあ主人公が合気道部で……」

いや、それはこの前やってしまったので。

Tさん（月刊『秘伝』定期購読）「ラストはこう合気道技でどーんと」

……ごめんなさいTさん。今回ちょっと合気道は出せませんでした。

お久しぶりです。そうでない方は初めまして。静月遠火《とおか》と申します。今回MW文庫に参加させていただくことになりました。

初めてのMW文庫ということで、大変ドキドキしております。現時点では表紙のデザインなどは未定でありまして、どんな感じになるのかなぁと今から楽しみです。

しかしあとがきには未だに慣れません。まずあとがきから読む、あとがきを読んで購入を決めるという方も多いと聞きますので、ここはひとつグッと心を掴むようなものを書きたいところではありますが、なんとも難しいものです。

この本のお話は、ヒロイン有亜のところに〈未来の恋人〉から電話がかかってくるところから始まります。電話はいくつも未来の〈予言〉をしますが、どっこいこれが嘘っぱち。なんのことはない悪戯電話だったのです。

なのですが……

というお話。自分のかけた悪戯電話の引き起こした事態に、自業自得とはいえ悪戦苦闘する主人公久則と、戸惑う有亜、口は悪いけれど久則に協力してくれる従兄弟の正臣。そんな三人を応援していただければ幸いです。

それでは。またどこかでお会い出来ますように。

静月　遠火

静月遠火　著作リスト

ボクらのキセキ（メディアワークス文庫）

パララバ　―Parallel lovers―（電撃文庫）

◇◇メディアワークス文庫

ボクらのキセキ

静月遠火《しづきとおか》

2010年2月25日　初版発行
2022年12月25日　再版発行

発行者　山下直久
発行　株式会社KADOKAWA
〒102-8177　東京都千代田区富士見2-13-3
0570-002-301（ナビダイヤル）
装丁者　渡辺宏一（有限会社ニイナナニイゴオ）
印刷　株式会社暁印刷
製本　株式会社暁印刷

●お問い合わせ
https://www.kadokawa.co.jp/（「お問い合わせ」へお進みください）
※内容によっては、お答えできない場合があります。
※サポートは日本国内のみとさせていただきます。
※Japanese text only

※定価はカバーに表示してあります。

ISBN978-4-04-868382-1 C0193

メディアワークス文庫　https://mwbunko.com/

本書に対するご意見、ご感想をお寄せください。
あて先
〒102-8177　東京都千代田区富士見2-13-3
メディアワークス文庫編集部
「静月遠火先生」係

◇◇◇